文学常识丛书

谈古喻今

翟民　主编

黄河出版传媒集团
阳光出版社

图书在版编目（CIP）数据

谈古喻今 / 翟民主编. —— 银川：阳光出版社，
2016.9（2020.12重印）
（文学常识丛书）
ISBN 978-7-5525-3038-4

Ⅰ.①谈… Ⅱ.①翟… Ⅲ.①古典散文 – 文学欣赏 –
中国 – 青少年读物 Ⅳ.①I207.62-49

中国版本图书馆CIP数据核字(2016)第234854号

文学常识丛书　谈古喻今　　　　　　　　　　翟民　主编

责任编辑　徐文佳
封面设计　民谐文化
责任印制　岳建宁

黄河出版传媒集团
阳光出版社　出版发行

出 版 人　薛文斌
地　　址　宁夏银川市北京东路139号出版大厦（750001）
网　　址　http://www.ygchbs.com
网上书店　http://www.shop129132959.taobao.com
电子信箱　yangguangchubanshe@163.com
邮购电话　0951-5047283
经　　销　全国新华书店
印刷装订　河北燕龙印刷有限公司
印刷委托书号　（宁）0019172

开　　本　710 mm×1000 mm　1/16
印　　张　9.5
字　　数　114千字
版　　次　2016年11月第1版
印　　次　2021年1月第2次印刷
书　　号　ISBN 978-7-5525-3038-4
定　　价　28.50元

前　言

　　源远流长的中华五千年文化,滋养着生生不息的中华民族。那些饱含圣贤宗师心血的诗歌、散文,历经了发展和不断地丰富,融入了中华民族的血脉,铸就了中华民族的脊梁,毋庸置疑地成为宝贵的文化遗产、永恒的精神食粮、灿烂的智慧结晶。然而受课时篇幅所限,能够收入到中小学教科书的经典作品必定是极少数。为此,我们精心编辑了这一套集古代经典诗歌分类赏析、古代经典散文分类赏析为一体的《文学常识丛书》。

　　本套丛书包括:古代经典诗歌分类赏析共十册——《诗中水》《诗中情》《诗中花》《诗中鸟》《诗中雨》《诗中雪》《诗中山》《诗中日》《诗中月》《诗中酒》;古代经典散文分类赏析共十册——《物华风清》《人和政通》《诙谐闲趣》《情规义劝》《谈古喻今》《修身养性》《奇谋韬略》《群雄争锋》《逝者如斯》《天下为公》。

　　读古诗,我们会发现诗人都有这样一个特征——托物言志。如用"大鹏展翅""泰山绝顶"来抒发自己对远大抱负的追求,用"梅兰竹菊""苍松劲柏"来表达自己对崇高品格的追慕;用"青鸟红豆""鸿雁传书"寄托相思,用"阳关柳色""长亭古道"排解离愁,用"浮云"来感慨人生无常、天涯漂泊,用"流水"来喟叹时光易逝、岁月更替,用"子规"反映哀怨,用"明月"象征思念……总之,对这些本没有思想感情的自然物,古代诗人赋予它们以独特的寓意,使之成为古诗中绚丽多彩的意象。正是这些意象为古诗增添了无穷的魅力。

　　古典散文同样也散发着艺术的光辉,但更引人瞩目的是它所蕴含的思想精华，或纵论古今，或志异传奇，或微言大义，或以小见大，读后不禁让我们对古人睿智的思想和优美的文笔赞叹不已。

希望能通过这套丛书，使广大中学生对祖国光辉灿烂的文化遗产有一个更深刻的认识。

编者

目　录

作品简介

　　《左传》，相传是春秋末年左丘明解说《春秋》的一部著作，故名《左氏春秋》或《春秋左氏传》。"传"，即解释的意思。《左传》是《春秋左氏传》的简称。书中记载了春秋时代各国内政、外交、军事等方面的活动。书中表现的主要是儒家思想。例如它反对迷信天道，而重视民众意愿。对统治者之间的政治斗争、战争冲突的纪录描写，也是忠于史实，同时又浪有文采。尤其是它对当时的谋臣和外交官等人的辞令写得十分委婉，表现出浪高的说话艺术，又浪善于描写战争，它不是简单在叙述战争的过程，而是分析展示影响战争胜败的政治、经济、人心等诸多因素，把战事写得深刻、曲折、引人入胜。因此，它既是一部历史著作，也是一部优秀的散文著作。

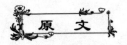

济河焚舟

秦伯伐晋，济河焚舟，取王官，及郊。晋人不出，遂自茅津济，封崤尸而还。遂霸西戎，用孟明也。

君子是以知秦穆公之为君也，举①人之周也，与人之壹②也；孟明之臣也，其不解，能惧思也；子桑之忠也，其知人也，能举善也。诗曰："于以采蘩③，于沼于沚，于以用之，公侯之事。"秦穆有焉。"夙夜匪解④，以事一人。"孟明有焉。"诒厥孙谋，以燕翼子，"子桑有焉。

文学常识丛书

①举：使用。

②壹：音 yī，怀疑。

③蘩：音 fán，古书上指白蒿，一种草本植物。

④匪解：不松懈。

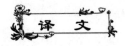

文公三年夏，秦穆公攻打晋国，孟明率军渡过黄河后就叫士兵烧掉渡船。他们急攻猛打占取了王官和郊地。晋人不出来应战，秦军就从茅津渡黄河,在崤山为战中死亡秦军的遗骨封筑大坟,然后返国。从此秦穆公在西戎中争雄称霸,这一切,都是任用了孟明的原因。

君子由此知道,秦穆公身为一国之君,使用人才考虑周全,且用人不疑;孟明身为臣子,忠于国君,努力不懈,并且从失败中吸取经验教训;子桑作为忠臣,能了解他人,积极为国君推荐孟明这样的好人。《诗经》里说:"在哪儿去采野菜,在沼塘里,在小洲上。在哪里用得上它?在公侯的祭祀上。"秦穆公就是这样不忽视小善之举的人。《诗经》里说:"早晚努力不懈,来事奉国君一人。"孟明就是这样的臣子。《诗经》里说:"把谋略留给子孙,选用贤才辅佐他们得到安全。"子桑就是这样的人。

举人之周也,与人之壹也。

3

蹇叔哭师

冬，晋文公卒。庚辰，将殡于曲沃①。出绛②，柩有声如牛③。卜偃使大夫拜④，曰："君命大事⑤将有西师过轶我⑥，击之，必大捷焉。"

杞子自郑使告于秦曰⑦："郑人使我掌其北门之管⑧，若潜师以来⑨，国可得也⑩。"穆公访诸蹇叔⑪。蹇叔曰："劳师以袭远，非所闻也。师劳力竭，远主备之⑫，无乃不可乎？师之所为，郑必知之。勤而无所⑬，必有悖心⑭。且行千里，其谁不知？"公辞焉。

召孟明、西乞、白乙，使出师于东门之外⑮。蹇叔哭之曰："孟子！吾见师之出而不见其人也？"公使谓之曰："尔何知！中寿，尔墓之木拱矣⑯！"

蹇叔之子与师，哭而送之，曰："晋人御师必于崤⑰，崤有二陵焉⑱。其南陵，夏后皋之墓也⑲；其北陵，文王之所辟风雨也，必死是间，余收尔骨焉⑳。秦师遂东。

文学常识丛书

①殡：停丧。曲沃：晋国旧都，晋国祖庙所在地，在今山西闻喜。

②绛：晋国国都，在今山西翼城东南。

③柩(jiù)：装有尸体的棺材。

④卜偃：掌管晋国卜筮的官员，姓郭，名偃。

⑤大事：指战争。古时战争和祭祀是大事。

⑥西师：西方的军队，指秦军。过轶：越过。

⑦杞子：秦国大夫。

⑧掌：掌管。管：钥匙。

⑨潜：秘密地。

⑩国：国都。

⑪访：询问，征求意见。蹇叔：秦国老臣。

⑫远主：指郑君。

⑬勤：劳苦。所：处所。无所：一无所得。

⑭悖(bèi)心：违逆之心，反感。

⑮孟明：秦国大夫，姓百里，名视，字孟明。秦国元老百里奚之子。西乞：秦国大夫，姓西乞，名术。白乙：秦国大夫，姓白乙名丙。这三人都是秦国将军。

⑯中(zhōng)寿：约指活到六七十岁。拱：两手合抱。

⑰崤(xiáo)：山名，在今河南洛宁西北。

⑱陵：大山。崤山有两陵，南陵和北陵，相距三十里，地势险要。

⑲夏后皋：夏代君主，名皋，夏桀的祖父。后：国君。

⑳尔骨：你的尸骨，焉：在那里。

冬天，晋文公去世了。十二月十二日，要送往曲沃停放待葬。刚走出国都绛城，棺材里发出了像牛叫的声音。卜官郭偃让大夫们向棺材下拜，并说："国君要发布军事命令，将有西方的军队越过我们的国境，我们袭击它，一定会获得全胜。"

秦国大夫杞子从郑国派人向秦国报告说："郑国人让我掌管他们国都北门的钥匙，如果悄悄派兵前来，就可以占领他们的国都。"

秦穆公向秦国老臣蹇叔征求意见。蹇叔说："让军队辛勤劳苦地偷袭远方的国家，我从没听说有过。军队辛劳精疲力竭，远方国家的君主又有防备，这样做恐怕不行吧？军队的一举一动，郑国必定会知道。军队辛勤劳苦而一无所得，一定会产生叛逆念头。再说行军千里，有谁不知道呢？"秦穆公没有听从蹇叔的意见。

他召见了孟明视、西乞术和白乙丙三位将领，让他们从东门外面出兵。蹇叔哭他们说："孟明啊，我看着大军出发，却看不见他们回来了？秦穆公派人对蹇叔说："你知道什么？你如果在中寿的年龄死去，你坟上种的树该长到两手合抱粗了！"

蹇叔的儿子也参加了出征的队伍，他哭着送儿子说："晋国人必定在崤山抗击我军，崤有两座山头。南面的山头是夏王皋的坟墓，北面的山头是周文王避过风雨的地方。你们一定会战死在这两座山之间，我到那里收拾你的尸骨吧！"秦国的军队就向东出发了。

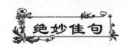

蹇叔曰："劳师以袭远，非所闻也。师劳力竭，远主备之，无乃不可乎？师之所为，郑必知之。勤而无所，必有悖心。且行千里，其谁不知？

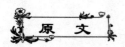

子产论政宽猛

郑子产有疾,谓子大叔曰①:"我死,子必为政。唯有德者能以宽服民,其次莫如猛。夫火烈,民望而畏之,故鲜死焉。水懦弱,民狎而玩之②,则多死焉。故宽难。"疾数月而卒。大叔为政,不忍猛而宽,郑国多盗,取人于萑苻之泽③。大叔悔之,曰:"吾早从夫子,不及此。"兴徒兵以攻萑苻之盗,尽杀之。盗少止。仲尼曰:"善哉!政宽则民慢,慢则纠之以猛。猛则民残,残则施之以宽。宽以济猛,猛以济宽,政是以和。《诗》曰:'民亦劳止,汔④可小康,惠此中国,以绥四方。'施之以宽也。'毋从诡随⑤,以谨无良,式遏寇虐,惨⑥不畏明。'纠之以猛也。'柔远能迩,以定我王。'平之以和也。又曰:'不竞不絿⑦,不刚不柔,布政优优,百禄是遒⑧。'和之至也。"及子产卒,仲尼闻之,出涕曰:"古之遗爱也。"

注释

①子大叔:即游吉,郑国大夫。大,同"太"。

②玩:相习而不经意。

③萑苻:水泽名,在今河南中牟县西北。

④汜：其。

⑤从：同"纵"。诡随：小恶。欺诈叫诡，善变叫随。

⑥憯：又作"僭"，竟。

⑦捄：急。

⑧遒：聚。

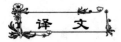

郑国执政大夫子产有病，对子大叔说："我死之后，你必然执政。只有有道德的人能够以宽大来使百姓服从，那德行次一等的人会采取严厉的政策。火很猛烈，百姓看见就害怕，所以，很少有人死在火里。水很柔弱，人们因亲近喜欢而轻视它，所以，很多人死在水里。因此宽柔很难。子产病了几个月就死了。大叔执政，不忍心严厉，而施行宽柔。结果，郑国强盗很多，他们聚集在萑苻之泽。大叔很懊悔，说："我早听从先生教诲，就不至于到这一步。"于是调动步兵去攻打水泽的强盗，将他们全部杀死。强盗稍稍有些收敛。孔子说："好啊！政策宽柔，百姓就轻慢。轻慢，就要用严厉的政策来纠正。但是，太严厉了，百姓就要受到摧残，受到摧残就必须以宽柔的政策来调和。用宽大来调和严厉，又用严厉来补充宽大，政事因此而调和，《诗经》上说：'百姓辛劳，可使安康，加惠中原，安抚四方。'这是说实施宽柔。这首诗又说：'不可轻易放纵小恶；以此约束不良之人，遏制盗贼暴虐，他们从不怕法律严明。'这是说用严厉来纠正。这首诗又说：'安抚远方，怀柔近处，安定我王室。'这是说用和协的手段来使国家安定。又有一首诗说：'不急不缓，不刚不柔，施政从容不迫，各种福禄聚头。'这是和谐的最高境界！"等到子产死了，孔子听到这消息，

文学常识丛书

流着眼泪说:"他的仁爱是古代贤明政治的遗风啊!"

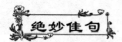

仲尼曰:"善哉! 政宽则民慢,慢则纠之以猛。猛则民残,残则施之以宽。宽以济猛,猛以济宽,政是以和。"

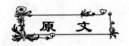

晏婴论季世

齐侯使晏婴请继室于晋。……

既成昏，晏子受礼，叔向从之宴，相与语。叔向曰："齐其何如？"晏子曰："此季世①也，吾弗知。齐其为陈氏矣。公弃其民，而归于陈氏。齐旧四量：豆、区、釜、钟。四升为豆，各自其四，以登于釜，釜十则钟。陈氏三量，皆登一焉，钟乃大矣。以家量贷，而以公量收之。山木如市？弗加于山②，鱼盐蜃蛤，弗加于海。民参其力，二入于公，而衣食其一。公聚朽蠹③，而三老冻馁，国之诸市，屦贱踊贵。民人痛疾，而或燠④休之，其爱之如父母，而归之如流水，欲无获民，将焉辟之？箕伯、直柄、虞遂、伯戏，其相胡公大姬，已在齐矣。"

叔向曰："然。虽吾公室，今亦季世也。戎马不驾，卿无军行；公乘无人，卒列无长。庶民罢敝，而宫室滋侈。道瑾相望⑤，而女富溢尤。民闻公命，如逃寇雠⑥。栾、郤、胥、原、狐、续、庆、伯，降在皂隶。政在家门，民无所依。君日不悛⑦，以乐慆忧⑧，公室之卑，其何日之有？谗鼎之铭曰：'昧旦丕显，后世犹怠。'况日不悛，其能久乎？"晏子曰："子将若何？"叔向曰："晋之公族尽矣。肸闻之，公室将卑，其宗族枝叶先落，则公从之。肸之宗十一族，唯羊舌氏在而已。肸又无子，公室无度，幸而得死，岂其获祀。"

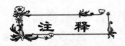

注 释

①季世：指走向衰退，末世。

②弗加于山：并不比山里的贵。加：比……更。

③蠹：音 dù，被虫子蛀。

④燠：音 yù，热的意思，本文引申为关切。

⑤道瑾相望：道路上饿死的人到处都能看到。

⑥寇雠：音 chóu，这里是仇敌的意思。

⑦悛：悔改

⑧慆：音 tāo，掩盖。

谈古喻今

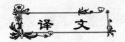

译 文

齐侯派晏婴到晋国，请求再送女子作晋侯的继室……

已经订婚之后，晏子接受宾享之礼，叔向跟晏子一同参加宴会，互相交谈。叔向说："齐国将怎么样呢？"晏子说："这是末世了，我不知道该怎样说好。齐国恐怕要变为陈氏的天下了。国君抛弃了他的百姓，使百姓归附陈氏。齐国旧有四种量器：豆、区、釜、钟。四升为一豆，（四豆为一区，四区为一釜）各量本身的四倍。以达到釜，十釜就成为一钟。陈氏的三种量器都在齐旧量的基础加上一（五升为豆，五豆为区，五区为釜），于是钟也就相应地增大了。陈氏用私家大量器借出粮食，却用齐公室的小量器收回。把山上的木材运到市上去卖，并不比山里的贵；鱼盐蜃蛤运到城里去卖，也不比海上贵。老百姓把他们自己劳动所得分成三分，其中两分要交给公室，而自己的衣食只占一分。公室搜刮来的财物都腐朽和被虫子蛀了，可是连三老这样的乡官都受冻挨饿，都城的许多市集上，鞋子便宜，假脚昂贵。百姓有痛苦，陈氏就去慰问关切他们，百姓爱陈氏如同父母，归附他如同流水。

想要陈氏不获得民众,将怎样免得了呢？陈氏的祖先箕伯、直柄、虞遂、伯戏,恐怕正要辅助陈氏夺取齐国天下,他们已经在齐国了。

叔向说:"是这样的。即使我们公室,现在也是末世了。国君驾戎车的马不驾车,国卿不掌握军队;戎车左右没有好人才,军队没有好官长。老百姓疲乏困苦,而宫廷建筑愈加奢侈。道路上饿死的人到处都能看到,而宠姬的娘家却富裕优厚。老百姓一听到国君的命令,就好像逃避仇敌一样。栾、郤、胥、原、狐、续、庆、伯,这八家旧贵族的后代都沦为差役。政权落在各个大夫手里,老百姓无所依从。国君一天天越来越不思改过,用娱乐掩盖忧患,晋国公室的没落,还能有多少日子呢？谗鼎上的铭文说:'天还没有亮的时候,就务求修明德政,而子孙仍有懒惰的。'何况天天不思悔改,能够延续长久吗?"晏子问:"你将怎么办呢?"叔向说:"与国君同一族姓的人全已衰亡。我听说,公室将近衰亡的时候,它宗族的枝叶先落了下来,那么公室也就跟着衰亡了。羊舌这一宗有十一个族,只有羊舌氏这一族还存在。我又没有好儿子,公室毫无法度,即使有幸能获得个好死,难道还能得到后代子孙的祭祀吗!"

政在家门,民无所依。君日不悛,以乐慆忧,公室之卑,其何日之有？

文学常识丛书

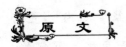

晋灵公不君

晋灵公不君①：厚敛以雕墙②；从台上弹人，而观其辟丸也；宰夫胹熊蹯不熟③，杀之，置诸畚④，使妇人载以过朝⑤。赵盾、士季见其手⑥，问其故，而患之。将谏，士季曰："谏而不入⑦，则莫之继也。会请先，不入，则子继之。"三进，及溜⑧，而后视之，曰："吾知所过矣，将改之。"稽首而对曰："人谁无过？过而能改，善莫大焉。《诗》曰：'靡不有初，鲜克有终⑨。'夫如是，则能补过者鲜矣。君能有终，则社稷之固也，岂惟群臣赖之⑩"。又曰：'衮职有阙，惟仲山甫补之⑪。能补过也。君能补过，衮不废矣⑫。"

犹不改。宣子骤谏⑬，公患之，使鉏麑贼之⑭。晨往，寝门辟矣⑮，盛服将朝⑯。尚早，坐而假寐⑰。麑退，叹而言曰："不忘恭敬，民之主也⑱。贼民之主，不忠；弃君之命，不信。有一于此，不如死也！"触槐而死。

秋九月，晋侯饮赵盾酒⑲，伏甲⑳，将攻之。其右提弥明知之㉑，趋登㉒，曰："臣侍君宴，过三爵㉓，非礼也。"遂扶以下。公嗾夫獒焉㉔。明搏而杀之。盾曰："弃人用犬，虽猛何为！"斗且出。提弥明死之㉕。

初，宣子田于首山㉖，舍于翳桑㉗。见灵辄饿㉘，问其病。曰："不食三日矣！"食之㉙，舍其半。问之。曰："宦三年矣㉚"，未知母

13

之存否。今近焉,请以遗之㉛。"使尽之,而为之箪食与肉㉜,置诸橐以与之㉝。既而与为公介㉞,倒戟以御公徒,而免之。问何故,对曰:"翳桑之饿人也。"问其名居,不告而退。遂自亡也。

乙丑,赵穿攻灵公于桃园㉟。宣子未出山而复。大史书曰㊱:"赵盾弑其君。"以示于朝。宣子曰:"不然。"对曰:"子为正卿,亡不越竟,反不讨贼㊲,非子而谁?"宣子曰:"乌呼㊳!《诗》曰:'我之怀矣,自诒伊戚㊴。'其我之谓矣。"

孔子曰:"董狐,古之良史也,书法不隐㊵。赵宣子,古之良大夫也,为法受恶㊶。惜也,越竟乃免。"

宣子使赵穿逆公子黑臀于周而立之㊷。壬申,朝于武宫㊸。

注 释

①晋灵公:晋国国君,名夷皋,文公之孙,襄公之子。不君:不行君道。

②厚敛:加重征收赋税。雕墙:装饰墙壁。这里指修筑豪华宫室,过着奢侈的生活。

③宰夫:国君的厨师。胹(ér):煮,炖。熊蹯(fán):熊掌。

④畚(běn):筐篓一类盛物的器具。

⑤载:同"戴",用头顶着。

⑥赵盾:赵衰之子,晋国正卿。士季:士为之孙,晋国大夫,名会。

⑦不入:不采纳,不接受。

⑧三进:向前走了三次。及:到。溜:屋檐下滴水的地方"。

⑨这两句诗出自《诗·大雅·荡》。靡:没有什么。初:开端。鲜:少。克:能够。终:结束。

⑩赖:依靠。

文学常识丛书

⑪这两句诗出自《诗·大雅·烝民》。衮(gǔn):天子的礼服,借指天子,这里指周宣王。阙:过失。仲山甫:周宣王的贤臣。

⑫衮:指君位。

⑬骤:多次。

⑭鉏麑(chú ní):晋国力士。贼:刺杀。

⑮辟:开着。

⑯盛服:穿戴好上朝的礼服。

⑰假寐:闭目养神,打盹儿。

⑱主:主人,靠山。

⑲饮(yìn):给人喝。

⑳伏:埋伏。甲:披甲的士兵。

㉑右:车右。提弥明:晋国勇士,赵盾的车右。

㉒趋登:快步上殿堂。

㉓三爵:三巡。爵:古时的酒器。

㉔嗾(sǒu):唤狗的声音。獒(áo):猛犬。

㉕死之:为之死。之:指赵盾。

㉖田:打猎。首山:首阳山,在今山西永济东南。

㉗舍,住宿。翳(yì)桑:首山附近的地名。

㉘灵辄:人名,晋国人。

㉙食(sì)之:给他东西吃。

㉚宦(huàn):给人当奴仆。

㉛遗(wèi):送给。

㉜箪(dàn):盛饭的圆筐。食:饭。

㉝橐(tuó):两头有口的口袋,用时以绳扎紧。

㉞与:参加,介:甲指甲士。

谈古喻今

㉟赵穿:晋国大夫,赵盾的堂兄弟。

㊱大史:太史,掌纪国家大事的史官。这里指晋国史官董狐。书:写。

㊲竟:同"境"。贼:弑君的人,指赵穿。

㊳乌呼:感叹词,同"呜呼",啊。

㊴怀:眷恋。诒:同'贻',留下。伊:语气词。

㊵良史:好史官。书法:记事的原则。隐:隐讳,不直写。

㊶恶:指弑君的恶名。

㊷逆:迎,公子黑臀:即晋成公,文公之子,襄公之弟,名黑臀。

㊸武宫:晋武公的宗庙,在曲沃。

译文

晋灵公不遵守做国君的规则,大量征收赋税来满足奢侈的生活。他从高台上用弹弓射行人,观看他们躲避弹丸的样子。厨师没有把熊掌炖烂,他就把厨师杀了,放在筐里,让宫女们用头顶着经过朝廷。大臣赵盾和士季看见露出的死人手,便询问厨师被杀的原因,并为晋灵公的无道而忧虑。他们打算规劝晋灵公,士季说:"如果您去进谏而国君不听,那就没有人能接着进谏了。让我先去规劝,他不接受,您就接着去劝。"士季去见晋灵公时往前走了三次,到了屋檐下,晋灵公才抬头看他,并说:"我已经知道自己的过错了,打算改正。"士季叩头回答说:"哪个人能不犯错误呢,犯了错误能够改正,没有任何善事能比这个更大了。《诗经》里说:'没有人向善没有好的开始的,但很少能坚持到底。'如果这样,那么弥补过失的人就太少了。您如能始终坚持向善,那么国家就有了保障,而不止是臣子们有了依靠。《诗·大雅·烝民》又说:'天子有了过失,只有仲山甫来弥补。'这是说周宣王能补救过失。国君能够弥补过失,君位就不会失去了。"

可是晋灵公仍没有改正。赵盾又多次劝谏，使晋灵公感到讨厌，晋灵公便派鉏麑去刺杀赵盾。鉏麑一大早就去了赵盾的家，只见卧室的门开着，赵盾穿戴好礼服准备上朝，时间还早，他和衣坐着打吨儿。鉏麑退了出来，感叹地说："这种时候还不忘记恭敬国君，真是百姓的靠山啊。杀害百姓的靠山，这是不忠；背弃国君的命令，这是失信。这两条当中占了一条，还不如去死！"于是，鉏麑一头撞在槐树上死了。

秋天九月，晋灵公请赵盾喝酒，事先埋伏下武士，准备杀掉赵盾。赵盾的车右提弥明发现了这个阴谋，快步走上殿堂，说："臣下陪君王宴饮，酒过三巡还不告退，就不合礼仪了。"于是他扶起赵盾走下殿堂。晋灵公唤了出猛犬来咬赵盾。提弥明徒手上前搏斗，打死了猛犬。赵盾说："不用人而用狗，虽然凶猛，又有什么用！"他们两人与埋伏的武士边打边退。结果，提弥明为赵盾战死了。

当初，赵盾到首阳山打猎，住在翳桑。他看见有个叫灵辄的人饿倒了，便去问他的病情。灵辄说："我已经三天没吃东西了。赵盾给他东西吃，他留下了一半。赵盾问为什么，灵辄说："我给别人当奴仆三年了，不知道家中老母是否活着。现在离家近了，请让我把留下的食物送给她。"赵盾让他把食物吃完，另外给他准备了一篮饭和肉，放在口袋里给他。后来灵辄做了晋灵公的武士，他在搏杀中把武器倒过来抵挡晋灵公手下的人，使赵盾得以脱险。赵盾问他为什么这样做，他回答说："我就是在翳桑的饿汉。"赵盾再问他的姓名和住处，他没有回答就退走了。赵盾自己也逃亡了。

宣公二年九月二十六日，赵穿在桃园杀掉了晋灵公。赵盾还没有走出国境的山界，听到灵公被杀便回来了。晋国太史董狐记载道："赵盾杀了他的国君。"他还把这个说法拿到朝廷上公布。赵盾说："不是这样。"董狐说："您身为正卿，逃亡而不出国境，回来后又不讨伐叛贼，不是您杀了国君又是谁呢？"赵盾说："啊！《诗》中说：'我心里怀念祖国，反而给自己留下忧伤。'这话大概说的是我吧。"

孔子说："董狐是古代的好史官，记事的原则是直书而不隐讳。赵盾是古代的好大夫，因为史官的记事原则而蒙受了弑君的恶名。可惜啊，如果他出了国境，就会避免弑君之名了。"

赵盾派赵穿到成周去迎接晋国公子黑臀，把他立为国君。十月初三，公子黑臀去朝拜了武公庙。

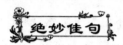

绝妙佳句

人谁无过？过而能改，善莫大焉。

作者简介

晏婴(？—公元前 500 年),字平仲,夷维(今山东高密)人。为春秋时期齐国正卿。历仕灵、庄、景三朝,执政五十余年。以节俭力行、谦恭下士著称于时。注意政治改革,关心民事,反对祈福禳灾等迷信。

《晏子春秋》记载的是春秋时期齐国政治家晏婴言行的一种历史典籍,用史料和民间传说汇编而成,书中记载了很多晏婴劝告君主勤政,不要贪图享乐,以及爱护百姓、任用贤能和虚心纳谏的事例,成为后世人学习的榜样。晏婴自身也是非常节俭,备受后世统治者崇敬。

《晏子春秋》共 8 卷,包括内篇 6 卷(谏上下、问上下、杂上下),外篇 2 卷,计215 章,全部由短篇故事组成。全书通过一个个生动活泼的故事,塑造了主人公晏婴和众多陪衬者的形象。这些故事虽不能完全作信史看待,但多数是有一定根据的,可与《左传》《国语》《吕氏春秋》等书相互印证,作为反映春秋后期齐国社会历史风貌的史料。

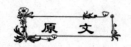

岂可无礼

　　景公饮酒酣，曰："今日愿与诸大夫为乐饮①，请无为礼。"晏子蹴然改容曰②："君之言过矣！群臣固欲君之无礼也。力多足以胜长③，勇多足以弑君，而礼不使也④。禽兽以力为政，彊者犯弱，故日易主⑤，今君去礼，则是禽兽也。群臣以力为政，彊者犯弱，而日易主，君将安立矣！凡人之所以贵于禽兽者，以有礼也；故诗曰：'人而无礼，胡不遄死⑥。'礼不可无也。"

　　公湎而不听⑦。

　　少间，公出，晏子不起，公入，不起；交举则先饮⑧。公怒，色变，抑手疾视曰⑨："向者夫子之教寡人无礼之不可也⑩，寡人出入不起，交举则先饮，礼也？"

　　晏子避席再拜稽首而请曰⑪："婴敢与君言而忘之乎？臣以致无礼之实也⑫。君若欲无礼，此是已！"

　　公曰："若是，孤之罪也。夫子就席，寡人闻命矣⑬。"觞三行，遂罢酒⑭。

　　盖是后也，饬法修礼以治国政⑮，而百姓肃也⑯。

文学常识丛书

① 愿：想；希望。乐饮：畅饮。

② 蹴然：惊而不安貌。

③ 长：读 zhǎng。

④ 使：用；实施。

⑤ 日：天天；每天。

⑥ 遄死：速死。遄：迅速。

⑦ 湎：沉溺。疑当作"偭"，因写饮酒而误。偭：背向。听：接受。

⑧ 交举：谓互相举杯。

⑨ 抑：按。抑手：以手按案。疾：恨。疾视：恨恨地看。

⑩ 向者：从前；在这之前。这里是刚才的意思。

⑪ 避席：离开座位说话，以示尊敬。稽首：犹言赔罪。请：谒也；说明、陈述。

⑫ 致：给予。实：实际的样子。

⑬ 闻命：接受教导。

⑭ 按古礼，酒过了三巡则失礼，所以三巡之后即应停息。六字尽写景公以实际行动有错必纠。

⑮ 饬：整顿。修：完善。

⑯ 肃：《说文》："持事振敬也。"形容百姓做事恭敬有礼。

译 文

　　齐景公喝酒喝得酣畅，对臣下说："今天我愿意跟各位大夫尽情喝酒，大家也不要拘于礼仪。"晏子听了，惊诧得改变了神色，对景公说："您的话错了。臣子们本来就希望你不要礼仪。那样，势力强大的人就能凭势力制伏他的上级,胆大妄为之徒就能凭武力杀掉他的君主,可是有礼仪的约束,不允许他们这样做。禽兽凭力气行事,强大的侵犯弱小的,因此几乎天天会更换首领,现在您要是废弃了礼仪,那么人和禽兽还有什么两样呢。臣子们就会依仗勇力进行征伐,强大的侵犯弱小的,因而几乎天天改换首领,您的君主地位怎么还会安稳呢?大凡人之所以比禽兽尊贵,是因为人懂得礼仪。所以,《诗经》上说:'假如人没有了礼仪,怎么不赶快死去呢?'礼仪是不能没有的啊。"

但齐景公沉湎于饮酒之中,根本不理会。

一会儿后,景公出去了,晏子并不起身,景公进来,还是坐在那里,并不起身示礼,席间大家一举杯,他便抢先干了,毫不谦让。景公很生气,脸色都变了,按着桌子恨恨地看着晏子说:"刚才先生还告诉我说不能没有礼数,我进出你都不起身表示恭敬,一举杯就抢着先喝了,这也是礼数?"

晏子离开坐席拜了两拜,赔着罪解释说:"我岂敢与您说了就忘记呢?我只是演示给您一个没有礼数的样子而已。您如果想不要礼数,那就是这样了。"

景公说:"如果不要礼数是这个样子,那是我的过失了。先生请入席,我接受您的忠告了。"于是,三巡过后,就按照规矩结束了宴席。

从此以后,景公整顿法纪礼仪来治理国家政事,因此老百姓都恭敬有礼了。

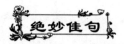

绝妙佳句

凡人之所以贵于禽兽者,以有礼也;故诗曰:"人而无礼,胡不遄死。"礼不可无也。

　　《国语》是关于西周、春秋时周、鲁、齐、晋、郑、楚、吴、越八国人物、事迹、言论的国别史杂记,也叫《春秋外传》。全书二十一卷中,《晋语》九卷,《楚语》二卷,《齐语》只有一卷。《周语》从穆王开始,属于西周早期。《郑语》只记载了桓公商讨东迁的史实,也还在春秋以前。《晋语》记录到智伯灭亡,到了战国初期。所以《国语》的内容不限于《春秋》,但确实记载了很多西周、春秋的重要事件。

　　《国语》也包含了许多政治经验的总结,其思想倾向略近于《左传》,只是不像《左传》那样鲜明突出。《周语·召公谏弭谤》一篇,记周厉王以肆意残杀为消弭不满言论的佳方,使"国人不敢言,道路以目",结果被民众驱逐而流亡。文中提出"防民之口,甚于防川"的道理,非常深刻。

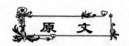

里革断罟匡君

宣公夏滥①于泗渊,里革断其罟②而弃之,曰:"古者:大寒降,土蛰发,水虞③于是乎讲眾罶④,取名鱼,登川禽⑤,而尝之寝庙,行诸国人,助宣气也。鸟兽孕,水虫成,兽虞⑥于是乎禁罝罗,矠⑧鱼鳖以为夏槁,助生阜也。鸟兽成,水虫孕,水虞于是乎禁罝鹿⑨,设阱鄂⑩,以实庙庖,畜功用也。且夫山不槎蘖⑪泽不伐夭⑫,鱼禁鲲鲕⑬,兽长麑麇⑭,鸟翼鷇⑮卵,虫舍蚳蝝⑯,蕃庶物也,古之训也。今鱼方别孕,不教鱼长,又行网罟,贪无艺⑰也。"

公闻之曰:"吾过而里革匡我,不亦善乎!是良罟也,为我得法。使有司藏之,使吾无忘谂⑱。"

师存侍,曰:"藏罟不如置里革于侧之不忘也。"

①滥:渍,浸,将鱼网浸在。

②罟:音gǔ,鱼网。

③水虞:官名,鱼师,主管发布修鱼令。

④眾罶:音gū,大鱼网;罶:音liǔ,竹子编的捕鱼工具。

⑤川禽:鳖、蛤蜊等水生动物。

⑥兽虞:官名,主管发布鸟兽禁令。

文学常识丛书

⑦罝：音 jū，捕兔网。

⑧耤：音 zé，用矛刺物。

⑨罜麗：加'罒'头，读音 lù，小鱼网。

⑩阱鄂：捕兽器。

⑪槎：音 chá，斜着砍；蘗：音 niè，树木被看法后重生的枝条。

⑫夭：初生的草木。

⑬鲲鲕：音 kūn ér，大鱼的鱼秧。

⑭麛麑：音 niǎo，鹿崽和麋崽。

⑮鷇：音 kòu，待母哺育的幼鸟。

⑯蚳蝝：音 chí yuán，蚁卵和为蝗虫蛹。

⑰艺：准则、限度。

⑱谂：音 shěn，规谏。

鲁宣公在夏天到泗水的深潭中下网捕鱼，里革（大夫）弄断他的鱼网并将它丢在一旁，说："古代的人们（的做法）是：大寒过去，大地中蛰伏的生物苏醒，水虞在这时准备大鱼网和竹篓，捕捉大鱼，抓获鳖和蛤蜊，用于宗庙的祭祀，国人都按照（这样）行动，有助于疏导（大地的）精气啊。鸟兽孕育，水中鱼类长成，兽虞在这时便禁用捕兔网和捕鸟网，捕杀鱼鳖来供给（初）夏的青黄不接，帮助山中生物的繁衍啊。鸟兽长成，水中鱼类孕育，水虞在这时禁用大小鱼网，设置陷阱和捕兽器，用来充实宗庙的食物，（这是）储蓄生活必须的用度啊。并且山上不砍初生的嫩枝，湿地不刈初生的嫩草，捕鱼禁止捕捉大鱼的鱼秧，野兽正在生长的鹿崽和麋崽，鸟翅膀下的鸟雏，虫窝里的卵和蛹，这些都是繁殖中的生物，（必须加以保护），这是古代（总结

25

下来)经验啊。现在鱼正是雌鱼(交配后)离开怀孕的时候,不让鱼生长,还下网捕捉,(这样是)贪婪得没有限度啊。"

(鲁)宣公听了他的话说:"我犯了错误,里革纠正我,非常好啊! 这是一挂很有意义的网啊,使我得到了治理天下的方法。让有关的官员收藏好它,以便我不会忘记这规谏。"

名叫存的乐师在身旁侍侯,(他)说:"藏鱼网还不如放里革在身边,这样更不会忘记啊。"

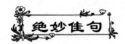

师存侍,曰:"藏罟不如置里革于侧之不忘也。"

文学常识丛书

王孙圉论楚宝①

　　王孙圉聘于晋②，定公飨之③，赵简子鸣玉以相④，问于王孙圉曰："楚之白珩犹在乎⑤？"对曰："然。"简子曰："其为宝也，几何矣⑥。"曰："未尝为宝⑦。楚之所宝者，曰观射父⑧，能作训辞⑨，以行事于诸侯，使无以寡君为口实⑩。又有左史倚相⑪，能道训典⑫，以叙百物⑬，以朝夕献善败于寡君⑭，使寡君无忘先王之业；又能上下说于鬼神⑮，顺道其欲恶⑯，使神无有怨痛于楚国⑰。又有薮曰云连徒洲⑱，金木竹箭之所生也⑲。龟、珠、角、齿、皮、革、羽、毛⑳，所以备赋㉑，以戒不虞者也㉒。所以共币帛㉓，以宾享于诸侯者也㉔。若诸侯之好币具，而导之以训辞㉕，有不虞之备㉖，而皇神相之㉗，寡君其可以免罪于诸侯，而国民保焉㉘。此楚国之宝也。若夫白珩，先王之玩也㉔，何宝之焉？"

　　"圉闻国之宝六而已。明王圣人能制议百物㉚，以辅相国家，则宝之；玉足以庇荫嘉谷㉛，使无水旱之灾，则宝之；龟足以宪臧否㉜，则宝之；珠足以御火灾㉝，则宝之；金足以御兵乱㉞，则宝之；山林薮泽足以备财用，则宝之。若夫哗嚣之美㉟，楚虽

27

蛮夷⑲,不能宝也。"

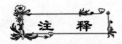

注　释

①本篇选自《国语·楚语下》,通过楚国大夫王孙圉出使晋国,对答晋国执政赵简子关于"宝"之论,阐明了楚国以"人才为宝",以"有利于邦国社稷"的物产为宝的思想。

②王孙圉(yǔ):楚国大夫。聘:出使修好。

③定公:晋定公,名午。飨(xiǎng):用酒食招待客人。

④赵简子:晋国的卿,即赵鞅。鸣玉:把身上的佩玉弄得叮当作响。相(xiàng):相礼,辅佐国君执行礼仪。

⑤白珩(héng):楚国贵重的佩玉。

⑥几何矣:几何世也,意思是为宝几世?

⑦未尝为宝:不曾做为国宝。

⑧观射父(yì fǔ):楚国贤大夫。

⑨训辞:指外交辞令。

⑩口实:话柄。

⑪倚相:楚国的史官,左史为其官名。

⑫导:行。训典:先王遗留下来的训令和典章制度。

⑬叙百物:有次序地安排各种事务。

⑭献善败:陈述善恶成败的道理。

⑮上下:指天地。说:同"悦",高兴。

⑯顺道其欲恶:顺从神的好恶而行事。道,同"导"。

⑰痛:疾恨。

⑱薮:大泽。连:属。洲:水中可居处。云连徒洲:即云梦泽。

文学常识丛书

⑲箭：小竹。

⑳"龟、珠、角、齿、皮、革、羽、毛"句。龟：备吉凶。珠：御火灾。角：为弓弩。齿：像齿，为珥。皮：虎豹之皮。革：犀牛皮，为甲胄。羽：鸟羽，为旗。毛：氂牛尾。

㉑所以备赋：用来供给兵赋。赋，指兵赋，军用物资。

㉒戒：防备。不虞：没有料到的灾难。

㉓共：同"供"。币帛：缯帛，古代用来作为祭祀或馈赠的礼物。

㉔宾：招待。享：馈赠。

㉕"诸侯"二句：如果诸侯喜欢这些礼物，再有辞令加以疏导。币具，礼品。

㉖备：准备，防备。

㉗皇：大。皇神：伟大的天神。相（xiàng）：帮助，保佑。

㉘保：平安。

29

㉙玩：玩弄之物。

㉚圣：指圣人。制议：裁决和评断。

㉛玉：祭祀之玉。庇荫：保护。

㉜宪：表明，显示。臧否（pǐ）：好坏，吉凶。

㉝珠：水精，故以御火灾。

㉞金：可以为兵器。

㉟哗嚣：喧哗，指鸣玉发出的声音，带有讽刺之意。

㊱蛮夷：野蛮落后的地方，这是王孙圉自谦之词。

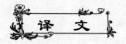
译文

（楚国大夫）王孙圉在晋国访问，（晋国国王）定公设宴招待他，（晋国大夫）赵简子（佩带着能发出）鸣响的玉来和他相见，问王孙圉说："楚国的白珩还在吗？"（王孙圉）回答说："在。"简子说："它是宝啊，价值多少啊？"（王孙圉）说："没（将它）当成宝。楚国所当成宝的，叫观射父，他能发表（上乘的）训导和外交辞令，来和各诸侯国打交道，使我国国君不会有什么话柄。还有左史倚相，能够说出（先王）的训导和典章，有次序地安排各种事物，朝夕将成败的经验和教训告诉国君，使国君不忘记先王的基业；还能上说神下说鬼，顺从它们好恶的规律，使神不会对楚国有怨怼。还有叫做云的湿地，它连接徒洲，金属、木材、竹子、箭杆所生产的地方啊。乌龟、珍珠、犀角、像牙、皮革、箭羽、皮毛，用于军备，来戒备意外来犯者啊；（还有）用来供应钱财布匹，给各诸侯国赠送和享用的啊。如果供赠送各诸侯的钱财货物准备齐全了，再使用得体的外交辞令交往；有防备以外来犯的军备，皇天神灵的保佑，我国君王能够不被各诸侯国怪罪的，那么国民就有保障了啊。这就是楚国的宝贝啊。如白珩（这类东西），是先王的玩物（而已）啦，哪称得上是宝贝啊？"

文学常识丛书

"我（圉）听说所谓国家的宝，有六样而已：圣贤能够治理分析万事万物，来辅佐国家的，就将他当作宝；足以庇护赐福使五谷丰登的宝玉，使（国家）没有水旱的灾难，就将它当作宝。足以（准确）布告福祸的龟壳，就将它当作宝；足以用来抵御火灾的珍珠，就将它当作宝；足以防御兵乱的金属，就将它当作宝；足以供给财政用度的山林湿地沼泽，就将它当作宝。喧哗吵闹的美玉吗，楚国虽然是野蛮偏远（的国家），不可能将它当作宝的。"

圉闻国之宝六而已。明王圣人能制议百物,以辅相国家,则宝之;玉足以庇荫嘉谷,使无水旱之灾,则宝之;龟足以宪臧否,则宝之;珠足以御火灾,则宝之;金足以御兵乱,则宝之;山林薮泽足以备财用,则宝之。

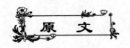

齐桓公求管仲

桓公自莒反于齐①，使鲍叔为宰②，辞曰："臣，君之庸臣也。君加惠③于臣，使不冻馁，则是君之赐也。若必治国家者，则非臣之所能也。若必治国家者，则其管夷吾乎。臣之所不若夷吾者五：宽惠柔民④，弗若也；治国家不失其柄，弗若也；忠信可结于百姓，弗若也，制礼义可法于四方⑤，弗若也；执枹鼓⑥立于军门，使百姓皆加勇焉，弗若也。桓公曰："夫管夷吾射寡人中钩，是以滨于死⑦。"鲍叔对曰："夫为其君动也。君若宥而反之⑧，夫犹是也。"桓公曰："若何？"鲍子对曰："请诸鲁。"桓公曰："施伯，鲁君之谋臣也，夫知吾将用之，必不予我矣。若之何？"鲍子对曰："使人请诸鲁，曰：'寡君有不令之臣在君之国，欲以戮之于群臣，故请之。'则予我矣。"桓公使请诸鲁，如鲍叔之言。

庄公以问施伯，施伯对曰："此非欲戮之也，欲用其政⑨也。夫管子，天下之才也，所在之国，则必得志于天下⑩。令彼在齐，则必长为鲁国忧矣。"庄公曰："若何？"施伯对曰："杀而以其尸授之。"庄公将杀管仲，齐使者请曰："寡君欲亲以为戮，若不生得以戮于群臣，犹未得请也。请生之。"于是庄公使束缚以予齐使，齐使受之而退。

①自莒(jǔ)反于齐:从莒回到齐国。这句话的背景是,齐襄公(桓公之兄)做国君时期,国内混乱,鲍叔辅佐小白逃到莒国(在现在山东省南部)。后来襄公被公孙无知杀了,公孙无知做了国君。不久公孙无知也被杀,小白和公子纠争做齐君。管仲辅佐公子纠,曾带兵截击小白,射中小白的带钩。小白逃回齐国,做了国君。

②使鲍叔为宰:让鲍叔做太宰。鲍叔:姓鲍,名叔牙。宰:太宰,相当于宰相。

③加惠:给予恩惠。

④宽惠柔民:宽大和善,感化人民。

⑤法于四方:为四方之法,全国都适用。

⑥枹(fú)鼓:战阵之间,击鼓以振作士气。枹:鼓槌。

⑧射寡人中钩,是以滨于死:射中我的衣带钩,因此(我)几乎死掉。钩,衣带上的钩。滨,同"濒",迫近。

⑦宥(yòu)而反之:宽恕了他而使他回来。

⑧用其政:用他的执政能力,用他执政。

⑨得志于天下:在整个天下都能如愿,称霸。

齐桓公从莒国回到齐国(当了国君后),就任命鲍叔牙当太宰,(鲍叔牙)谢绝说:"我,是国君的一个平庸的臣子,您给予我恩惠,不叫我挨冻受饿,就是国君对臣子的恩赐了。如果一定要治理国家,那不是我所能做到的;如果一定要治理国家,那大概就只有管夷吾了。我比不上管夷吾的地方有五点:宽厚仁慈,使人民感恩,我不如他;治理国家不违背它的准则,我

33

不如他;用忠诚信义结交人民,我不如他;制定礼法道德规范成为全国人民的行为准则,我不如他;(两军交战)在营门前击鼓助威,使人民勇气倍增,我不如他。"桓公说:"那个管夷吾用箭射中我的衣带钩,因此(我)差点丧命。"鲍叔牙解释说:"管夷吾是为他的君主而行动;您如果宽恕他的罪过让他回到齐国,他也会像这样的。"齐桓公问:"那怎么办?"鲍叔牙回答说:"到鲁国去邀请他。"齐桓公说:"施伯,是鲁君有智谋的大臣,他知道我要任用管仲,一定不会给我,那可怎么办呢?"鲍叔牙说:"派人向鲁国请求,就说:'我们国君有个不好的臣子在贵国,想要把他在群臣面前处死,所以请求贵国。'那么就会给我们了。"齐桓公就派使臣向鲁国请求,按着鲍叔牙说的做。

鲁庄公向施伯询问这件事,施伯回答说:"这不是想杀他,是想用他治理国家。管仲,是治理天下的有才之士,他所在的国家一定能在天下如愿以偿,让他在齐国,那必定长期成为鲁国的忧患啊。"鲁庄公问:"那怎么办?"施伯回答说:"杀了管仲然后把尸体交给齐国使臣。"鲁庄公准备杀管仲,齐国的使臣(向庄公)请求说:"我们的国君想亲眼看着处死他,如果不能把活的管仲在群臣面前杀了示众,还是没达到请求的目的呀,我们请求给我们活的。"于是鲁庄公吩咐捆绑管仲来交给齐国使臣,齐国使臣领回管仲便离开了鲁国。

绝妙佳句

臣之所不若夷吾者五:宽惠柔民,弗若也;治国家不失其柄,弗若也;忠信可结于百姓,弗若也,制礼义可法于四方,弗若也;执枹鼓立于军门,使百姓皆加勇焉,弗若也。

文学常识丛书

作品简介

　　《吕氏春秋》，又名《吕览》，是战国末期秦国相国吕不韦集合门客集体撰写的。成书年代一般认为是在秦始皇八年（公元前239年），是先秦杂家的代表著作。

　　吕不韦（？—公元前235年），战国末年卫国濮阳（今河南省濮阳县）人，原是阳翟（今河南省禹县）大商人，家富千金。他在赵国邯郸经商时遇见在赵国做人质的秦昭襄王的孙子异人，认为异人"奇货可居"，因而进行政治投机，数次入秦游说秦太子安国君的爱妃华阳夫人。华阳夫人无子，就认异人为子，改名子楚，后立为太子。公元前250年子楚继位，即庄襄王，任吕不韦为相国，封文信侯。三年后，庄襄王死，年幼的秦王政（即秦始皇）即位，尊吕不韦为仲父，继任相国。食邑有蓝田十二县十万户，门客三千，家僮万人。秦始皇亲政后，吕不韦因嫪毐谋反事受牵连被免职，后又迁蜀，途中饮鸩自杀。

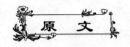

达 郁

凡人三百六十节，九窍五藏六府。肌肤欲其比也，血脉欲其通也，筋骨欲其固也，心志欲其和也，精气欲其行也，若此则病无所居而恶无由生矣。病之留、恶之生也，精气郁也。故水郁则为污，树郁则为蠹①，草郁则为蒉②。国亦有郁。主德不通，民欲不达，此国之郁也。国郁处久，则百恶并起，而万灾丛至矣。上下之相忍也，由此出矣。故圣王之贵豪士与忠臣也，为其敢直言而决郁塞也。

周厉王虐民，国人皆谤。召公以告曰："民不堪命矣。"王使卫巫监谤者，得则杀之。国莫敢言，道路以目。王喜，以告召公曰："吾能弭谤矣。"召公曰："是障之也，非弭之也。防民之口，甚于防川；川壅而溃，败人必多。夫民犹是也。是故治川者决之使导，治民者宣之使言。是故天子听政，使公卿列士正谏，好学博闻献诗，矇箴师诵，庶人传语，近臣尽规，亲戚补察，而后王斟酌焉。是以下无遗善，上无过举。今王塞下之口，而遂上之过，恐为社稷忧。"王弗听也。三年，国人流王于彘。此郁之败也。郁者，不阳也。周鼎著鼠，令马履之，为其不阳也。不阳者，亡国之俗也。

管仲觞桓公，日暮矣，桓公乐之而征烛。管仲曰："臣卜其昼，未卜其夜。君可以出矣。"公不说③，曰："仲父年老矣，寡人与仲父为乐将几之？请夜之。"管仲曰："君过矣。夫厚于味者薄于德，沈于乐者反于忧；壮而怠则失时，老而解则无名。臣乃今将为君勉之，若何其沈于酒也？"管仲可谓能立行矣。凡行之堕也于乐，今乐而益饬④；行之坏也于贵，今主欲留而不许。伸志行理，贵乐弗为变，以事其主，此桓公之所以霸也。

列精子高听行乎齐湣王，善衣东布衣，白缟冠，颡⑤推之履，特会朝雨袪步堂下，谓其侍者曰："我何若？"侍者曰："公姣且丽。"列精子高因步而窥于井，粲然恶丈夫之状也，喟然叹曰："侍者为吾听行于齐王也，夫何阿哉？又况于所听行乎？万乘之主，人之阿之亦甚矣，而无所镜，其残亡无日矣。孰当可而镜？其唯士乎？人皆知说镜之明己也，恶士之明己也，镜之明己也功细，士之明己也功大。得其细，失其大，不知类耳⑥。"

赵简子曰："厥也爱我，铎也不爱我。厥之谏我也，必于无人之所；铎之谏我也，喜质我于人中，必使我丑。"尹铎对曰："厥也爱君之丑也，而不爱君之过；铎也爱君之过，不爱君之丑。臣尝闻相人于师，敦颜而土色者忍丑。不质君于人中，恐君之不变也。"此简子之贤也。人主贤则人臣之言刻。简子不贤，铎也卒不居赵地，有况乎在简子之侧哉？

注释

① 蠹：音 dù，蛀虫。

② 蒉：音 kuì，草筐。

③ 说：通悦，高兴。

④饬：音 chì，谨慎。

⑤颡：音 sǎng，凸起的、高的。

⑥得其细，失其大，不知类耳：得到功劳小的，失去功劳的，可以说是不知道类比。

译　文

　　人都有三百六十个关节，有九窍、五脏、六腑。想使肌肤细腻，使血脉通畅，使筋骨强健，使心志平和，使精气运行，如能这样，则疾病在体内无所居处，病痛也就无处产生。疾病停留，病痛产生，都是因为精气郁结。所以水郁结不疏通，就会变成污水一潭，树郁结不通就会生蛀虫，草郁结则干枯终为草筐。国家也会有郁结。君主的德行不通达，人民的愿望无所实现，这些都是国家郁结。国家郁结时间太长了，许多毛病都会冒出来，各种灾难都会接踵而至。上上下下相互残害，就是由于国家有郁结。所以圣明君主贵在重用豪杰之士和忠贞之臣，因为他们敢于直谏君主，从而疏通国家的郁结和栓塞。

　　周厉王对待人民暴虐残忍，国人纷纷非议指责他。召公把这种情况禀告给周厉王，说："人民不能忍受你的统治了。"周厉王便派卫国的巫师监视非议的人们，一旦听到有人非议，便抓起来杀头。国人再也不敢非议，即使在路上遇见，也只能以目示意，不敢交谈。周厉王很高兴，告诉召公说："我能够遏止非议了。"召公说："你这是堵住人民的口，而不是消除谤言。堵塞人民之口的危害远远大于堵塞河流的危害。河水被阻塞，一旦决堤，必定会伤害很多人。人民之口被封，也如河水被阻一样。所以治理河流的应疏通水道，导引水流，治理人民的应开导百姓，让他们畅所欲言。因此，天子在处理朝政时，让公卿列士直言进谏，让好学博闻的人献上讽谏之诗，让乐师进献箴言，吟诵设喻之诗，让老百姓尽情言语，亲近之臣尽管直言，亲戚们以察补天子之漏，然后忠言劝谏，最后天子仔细考虑，再行取舍。就因这样，老百姓中不会出现遗漏的忠言，上层统治者也不会有错误的举动，现在君王堵塞老百姓的嘴，就是你的过失，这恐怕会成为国家的隐患。"周厉王不听劝谏。三年后，国人将周厉王流放到彘。这就是国家郁结而引发的失败。郁结，就是隐患，不表露在外的忧患。周鼎上刻着老鼠，再刻着马踩老鼠，因为老鼠是不属阳的。不属阳，就是亡国的征兆。

管仲宴请齐桓公畅饮，天已经晚了，齐桓公仍乐此不疲，要求秉烛对饮。管仲说："我与你饮酒，只占卜过白天，没有占卜夜晚，请国君回宫吧。"齐桓公不高兴，说："仲父你年岁已高，我与你在一起饮酒作乐的日子不多了，请继续夜饮。"管仲说："你错了。凡是看重美味者德行必薄，沉醉于享乐者心必忧；壮年时懈怠就会失去好时机，老年时懈怠就会功名无成。我从今以后将时时劝勉你，怎能让你沈溺于宴饮中？"管仲可称得上是树立了高尚品行。大凡行为堕落者大都因为沉溺于享乐，现在正在享宴饮之乐，就更应谨慎，德行败坏往往因为地位过于尊贵，现在国君想留下来而管仲不答应。申明自己的志向，言行合乎情理，不因地位尊贵和享乐而改变这一切，有这样的人侍奉齐桓公，所以他能称霸诸侯。

齐洏王对列精子高的话言听计从，列精子高喜欢穿绢做的衣服，戴白绢的帽子，穿高头的鞋子，有一次，黎明时分刚好有雨，他便故意撩起衣裳在庭堂上走来走去，并且向侍者问道："我现在这样子怎么样？"侍者回答道："你又漂亮又美丽。"列精子高便走到井边照着，看自己的样子，显然是一个丑陋的人的形象，他长叹一声说："侍者仅因为齐王听我的，便说我美，这不是曲意吹捧我吗？ 又何况是对我言听计从的、拥有万辆兵车的齐王，人们曲意迎合他的情况会更严重，但他没有镜子照见自己的本来面目，长此下去，国家破败，自身灭亡的日子将不远了。那谁可以当镜子让他照见自身的缺点？恐怕只有贤士了吧！人人都喜欢用镜子照自己,而讨厌贤士指明自己的过错。镜子照见自身形象,功劳很小,贤士指出自己的缺点,功劳很大。得到功劳小的,失去功劳大的,可以说是不知道类比。"

赵简子说:"赵厥很爱我,尹铎不爱我。赵厥劝谏我时,一定会在没有人的地方,而尹铎劝谏我时,总喜欢在人多时当面指责我的过错,让我当众出丑。"尹铎说:"赵厥只害怕你当众出丑,而不担心你的过失;而我担心你的过错,而不害怕你当众出丑。我曾经从相面的老师那儿听说过,凡是相貌敦厚、脸色黄的人都能够忍受当众出丑。国君则属于这种人,不当众指出你的过错,我担心你不会改正缺点。"这就是赵简子的贤明之处。人主贤明,他的臣子劝谏之言就会很尖刻。假若赵简子不贤明,尹铎最终决不会居住在赵地,更何况是生活在赵简子的身边呢?

人皆知说镜之明己也,恶士之明己也,镜之明己也功细,士之明己也功大。得其细,失其大,不知类耳。

慎 人

功名大立，天也；为是故，因不慎其人不可。夫舜遇尧，天也；舜耕于历山，陶于河滨，钓于雷泽，天下说之，秀士从之，人也。夫禹遇舜，天也；禹周于天下，以求贤者，事利黔首①，水潦川泽之湛滞壅塞可通者，禹尽为之，人也。夫汤遇桀，武遇纣，天也；汤武修身积善为义，以忧苦于民，人也。

舜之耕渔，其贤不肖与天子同。其未遇时也，以其徒属，堀地财②，取水利③，编薄苇，织罜④网，手足胼胝⑤不居，然后免于冻馁之患。其遇时也，登为天子，贤士归之，万民誉之，丈夫女子，振振殷殷，无不戴说。舜自为诗曰："普天之下，莫非王土。率土之滨，莫非王臣。"所以见尽有之也。尽有之，贤非加也；尽无之，贤非损也；时使然也。

百里奚之未遇时也，亡虢而虏晋，饭牛于秦，传鬻以五羊之皮。公孙枝得而说之，献诸缪公，三日，请属事焉。缪公曰："买之五羊之皮而属事焉，无乃天下笑乎？"公孙枝对曰："信贤而任之，君之明也；让贤而下之，臣之忠也；君为明君，臣为忠臣。彼信贤，境内将服，敌国且畏，夫谁暇笑哉？"缪公遂用之。谋无不当，举必有功，非加贤也。使百里奚虽贤，无得缪公，必无此名矣。今焉知世之无百里奚哉？故人主之欲

41

求士者,不可不务博也。

孔子穷于陈、蔡之间,七日不尝食,藜^⑥羹不糁。宰予备矣,孔子弦歌于室,颜回择菜于外。子路与子贡相与而言曰:"夫子逐于鲁,削迹于卫,伐树于宋,穷于陈、蔡,杀夫子者无罪,藉夫子者不禁",夫子弦歌鼓舞,未尝绝音,盖君子之无所丑也若此乎?"颜回无以对,入以告孔子。孔子愀^⑦然推琴,喟然而叹曰:"由与赐,小人也。召吾语之。"子路与子贡入。子贡曰:"如此者可谓穷矣。"孔子曰:"是何言也?君子达于道之谓达,穷于道之谓穷。今丘也拘仁义之道,以遭乱世之患,其所也,何穷之谓?故内省而不疚于道,临难而不失其德。大寒既至,霜雪既降,吾是以知松柏之茂也。昔桓公得之莒,文公得之曹,越王得之会稽。陈、蔡之厄,于丘其幸乎!"孔子烈然返瑟而弦,子路抗然执干而舞。子贡曰:"吾不知天之高也,不知地之下也。"古之得道者,穷亦乐,达亦乐。所乐非穷达也,道得于此,则穷达一也,为寒暑风雨之序矣。故许由虞乎颍阳,而共伯得乎共首。

文学常识丛书

注　释

①事利黔首:做有利于百姓的事。黔首:指老百姓。

②堀地财:这里指种五谷。

③取水利:捕鱼虾。

④罦:音 fú,指没在屋檐下防鸟崔事筑巢的金属钢。

⑤胼胝:音 pián zhī,手茧。

42

⑥藜:音lí,一半生草本植物,茎直立,叶子能呈三角形,花小,黄绿色,可以吃。全草入药,也叫灰菜。

⑦愀:音 cù,心里不安的样子。

译 文

　　成就盖世功名,要靠天意;假使由于这个缘故,因而不努力慎重地尽人事却是不可取的。舜得遇尧这样的明君,是天意;然而舜在历山耕作,在黄河边制作陶器,在雷泽里钓鱼的时候,天下人能够喜欢他,贤德之人能够跟随他,却是舜自身努力的结果。大禹遇上舜,是天意;但他周游天下,访求贤德之人,做利于百姓的事,积水、河流湖泊被淤积而可以疏通的,大禹都尽力去疏通,这些事情靠的却是人事。商汤遇上残暴的夏桀,周武王遇上商纣这样的暴君,是天意;商汤、周武王修身养性、积善行德,而行仁义之事,为百姓的境况忧愁痛苦,却是他们自身努力的结果。

　　舜在耕种和捕鱼的时候,他的德行和他当天子时是一样的。在他没有发迹之时,和他的门徒手下,种五谷,捕鱼虾,编织蒲苇,织兽网和鱼网,手都磨出了老茧也不休息,这样才能使自己不忍饥挨冻。他腾达时,登基作天子,贤德之士归心。国民都赞誉他,男男女女,芸芸众生,没有一个不爱戴喜欢他。舜亲自作诗说:"全天下的土地,没有一寸不属于我。四海之内,没有谁不是我的臣民。"由此可见,他已经拥有了一切。拥有一切,他的贤德并没有增加,一无所有时,他的贤德并没有分毫减少,只是时机使他的境遇有如此不同。

　　百里奚没有发迹时,随着虢国的灭亡而做了晋国的俘虏,在秦国替人放过牛,也曾被人用五张羊皮的低价转卖过。公孙枝得到百里奚，内心欢悦，推荐给秦穆公，三天后，他请求穆公委托国事给百里奚。秦穆公说："买他只花了五张羊皮，却要我把国事托付于他，难道不怕天下人笑话吗？"公孙枝回答说："相信贤德的人而加以重用，是君主的贤明；让贤而甘居下位，是大臣的忠心；君主是贤明的君主，大臣是忠心的大臣，他确实有贤德，国内将会治理得很好，敌人也将畏惧我们，谁还有空闲来耻笑呢？"于是秦穆公重用了百里奚。他的谋划没有不恰当的，办事没有不成功的，这并不是他比以前更贤明了。即使百里奚贤明异常，如果没有遇上秦穆公这样的贤君，也一定不会有如此美名。谁又能说当今世上没有百里奚这样贤明的人呢？所以，君主想要得到贤明之士，不能不多加访寻啊！

　　孔子被困在陈、蔡之间，整整七天都没吃到粮食，只好用藜菜做汤，而汤里半粒米都没有。宰予已经疲惫不堪，孔子在屋里弹琴唱歌，颜回在屋外择菜。子路和子贡两人对颜回说道："先生在鲁国被驱逐，在卫国只能隐居山林，在宋国被人追杀，在陈、蔡之间被困，现在杀害先生的人没有罪，侮辱他的人没有错，如此境地，他仍然抚琴唱歌、击鼓跳舞，从不曾停止过他的歌声，难道君子就是这样不知羞耻为何物吗？"颜回无言以对，到屋里告诉了孔子。孔子愤然推开琴，长叹一声道："子路和子贡，是小人，叫他们进来，我对他们说。"子路和子贡进到屋里。子贡说："这样子称得上穷困吧。"孔子说："这是什么话？君子在道上通达才叫通达，在道上穷困才叫真穷困。现在我能坚守仁义大道，因而遭受乱世的祸乱。这是适得其所，怎么说是穷困呢？所以自我反省而不抱愧于道，面临危难却不丧失自己的德行。严寒已来临，霜雪已到来，我因此知道松柏将更加茂盛。从前齐桓公受难于莒从而崛起，晋文公遭难于曹从而奋进，越王勾践困栖会稽山而后报仇雪恨。陈、蔡的困境，对我来说该是种荣幸吧！"孔子激动地

回到琴边弹了起来,子路昂扬地举起盾牌跳了起来。子贡说:"我真是不知道天有多高,地有多厚。"古代得道的人,穷困也快乐,腾达也快乐。快乐并不是因为穷困或腾达,只要内心领会了道,穷困和腾达都一样快乐,犹如寒暑风雨的更替一样。所以,许由隐居颍水以北照样高兴,共伯在共首山也能自得其乐。

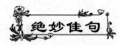

古之得道者,穷亦乐,达亦乐。所乐非穷达也,道得于此,则穷达一也,为寒暑风雨之序矣。

作品简介

　　《公羊传》的始作者是战国时齐人公羊高,他受学于孔子弟子子夏,后来成为传《春秋》的三大家之一。

　　《公羊春秋》作为家学,世代相传至玄孙公羊寿。汉景帝时,公羊寿与齐人胡母子都合作,方才将《春秋公羊传》定稿"著于竹帛"。所以《公羊传》的作者,班固《汉书·艺文志》笼统地称之为"公羊子",颜师古说是公羊高,《四库全书总目》则署作汉公羊寿,说法不一。但比较起来把定稿人题为作者更合理一些。今本《公羊传》的体裁特点,是经传合并,传文逐句传述《春秋》经文的大义,与《左传》以记载史实为主不同。写作方法多以设问、自答展开传述。

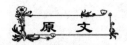

吴子使札来聘①

吴无君，无大夫，此何以有君，有大夫？贤季子也②。何贤乎季子？让国也③。其让国奈何？谒也④，馀祭也⑤，夷昧也⑥，与季子同母者四。季子弱而才，兄弟皆爱之，同欲立之以为君。谒曰："今若是迮而与季子国⑦，季子犹不受也。请无与子而与弟，弟兄迭为君，而致国乎季子。"皆曰诺。故诸为君者皆轻死为勇，饮食必祝，曰："天苟有吴国，尚速有悔于予身⑧。"故谒也死⑨，馀祭也立。馀祭也死⑩，夷昧也立。夷昧也死⑪，则国宜之季子者也，季子使而亡焉⑫。僚者长庶也⑬，即之。季之使而反，至而君之尔。阖庐曰⑭："先君之所以不与子国，而与弟者，凡为季子故也。将从先君之命与，则国宜之季子者也；如不从先君之命与，则我宜立者也。僚恶得为君乎？"于是使专诸刺僚⑮，而致国乎季子⑯。季子不受，曰："尔杀吾君，吾受尔国，是吾与尔为篡也。尔杀吾兄，吾又杀尔，是父子兄弟相杀，终身无已也。"去之延陵⑰，终身不入吴国。故君子以其不受为义，以其不杀为仁，贤季子。则吴何以有君，有大夫？以季子为臣，则宜有君者也。札者何？吴季子之名也。春秋贤者不名⑱，此何以名？许夷狄者，不一而足也⑲。季子者，所贤也，曷为不足乎季子？许人臣者必使臣，许人子者必使子也。

①聘:古代诸侯国之间派使者相问的一种礼节。使者代表国君,他的身分应是卿;"小聘"则派大夫。

②贤:用作以动词。季子:公子札是吴王寿梦的小儿子,古以伯、仲、叔、季排行,因此以"季子"为字。《史记》称他"季札"。

③让国:辞让国君之位。据《史记·吴世家》记载,寿梦生前就想立季札,季札力辞,才立长子诸樊(即谒)。寿梦死后,诸樊又让位季札,季札弃其室而耕,乃止。

④谒:寿梦长子,一作"遏",号诸樊。《春秋》经写作"吴子遏",《左传》《史记》称"诸樊"。

⑤馀祭:寿梦次子,《左传》记其名一作"戴吴",马王堆三号墓出土帛书《春秋事语》作"余蔡"。

⑥夷昧:寿梦三子。《左传》作"夷末",《史记》作"馀昧"。

⑦迮(zé,又读 zuò):仓促。

⑧尚:佑助。悔:咎,灾祸,这里指亡故。

⑨谒也死:谒在位十三年,鲁襄公二十五年(公元前 548 年)在伐楚战争中,中冷箭死于巢(今安徽巢县)。

⑩馀祭也死:馀祭在位四年,鲁襄公二十九年(公元前 544 年)在视察战船时被看守战船的越国俘虏行刺身亡。

⑪夷昧也死:夷昧在位十七年,鲁昭公十五年(公元前 527 年)卒。

⑫使而亡:出使在外。《史记·吴世家》所记与此不同:"王馀昧卒,季札让,逃去。"认为季札是为让位而逃走的。

⑬僚:《公羊传》这里说他是"长庶",即吴王寿梦妾所生的长子,季札的异母兄。《史记·吴世家》则说他是"王馀昧之子"。以《公羊传》为是。

⑭阖庐(hé lú):公子光即吴王位后的号,《史记》说他是诸樊之子,《世本》说他是夷昧之子。

⑮专诸:伍子胥为公子光找到的勇士,吴王僚十三年四月丙子,公子光请王僚喝酒,使专诸藏匕首于炙鱼之中,进食时取出匕首刺王僚胸而杀之。

⑯致国乎季子:把王位给季札。《史记·吴世家》谓阖庐刺杀王僚后即承吴王位,无让国于季札之意。

⑰延陵:春秋吴邑,今江苏常州。季札食邑于此,所以又号"延陵季子"。

⑱不名:不直称名。古人生三月取名,年二十行冠礼,另取字。对人表示尊敬,就称其字而不称名。

⑲不一而足:不因为一事一物就认为够条件了。与今义不同。

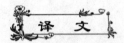

译 文

吴国本无国君,无大夫之称,这则记载为什么承认它有国君,有大夫呢?是因为季子贤德啊。季子贤在哪里呢?辞让君位啊。辞让君位是怎么回事呢?谒、馀祭、夷昧和季子是一母所生的四兄弟,季子年幼而有才干,兄长都爱他,一同想立他为国君。谒说:"现在如这样仓促地把君位让给他,季子还不会接受的。我愿不传位给儿子而传给弟弟,由弟弟依次接替哥哥做国君,这样把君位传给季子。"馀祭、夷昧都说:"行"。所以几个哥哥做国君时,都勇敢不怕死,就餐时一定祈祷,说:"上天如果保留吴国,就快点让我们遭难吧!"所以谒死了,馀祭做国君。馀祭死了,夷昧做国君。夷昧死了,国君的位置就应当属于季子了,但季子出使在外。僚是夷昧的庶长子,就即位了。季子出访回国,一到就把僚当作国君。阖闾说:"先君所以不传位给儿子而传给弟弟,都是为了季子的缘故。要是遵照先君的遗嘱呢,那么国君是应该季子来做的;要是不照先君的遗嘱呢,那么我应该是做国君的。僚怎么能做国君呢?"于是派专诸刺杀僚,而把国家交给季子。季子不接受,说:"你杀了我国君,我受你给的君位,这是我和你一起篡位了。你杀我哥哥,我又杀你,这是父子兄弟互相残杀,一辈子没完了。"离开国都去了延陵,终身不进吴国都城。所以君子认为他不受君位为义,认为他反对互相残杀为仁。称赞季子的贤德。那么吴国为什么有国君,有大夫呢?承认季子是臣,就应该有君啊。札是什么呢?吴季子的名啊!《春秋》对贤者不称名,此处为什么称名呢?认可夷狄的,不能只凭一事一物就认为够条件了。季子这个人,被认为是贤的,为什么季子还不够条件呢?认可做人臣子的,一定要使他像个臣子。认可做人儿子的,一定要使他像个儿子啊。

绝妙佳句

许人臣者必使臣,许人子者必使子也。

作品简介

　　《礼记》是中国古代一部重要的典章制度书籍，是战国至秦汉年间儒家学者解释说明经书《仪礼》的文章选集，是一部儒家思想的资料汇编。《礼记》的作者不止一人，写作时间也有先有后，其中多数篇章可能是孔子的七十二弟子及其学生们的作品，还兼收先秦的其它典籍。

　　《礼记》的内容主要是记载和论述先秦的礼制、礼意，解释仪礼，记录孔子和弟子等的问答，记述修身做人的准则。实际上，这部九万字左右的著作内容广博，门类杂多，涉及到政治、法律、道德、哲学、历史、祭祀、文艺、日常生活、历法、地理等诸多方面，几乎包罗万象，集中体现了先秦儒家的政治、哲学和伦理思想，是研究先秦社会的重要资料。

　　《礼记》全书用散文写成，一些篇章是有相当的文字价值，有的短小的生动故事阐明某一理，有的气势磅礴、结构严谨，有的言简意见，意味隽永，有的擅长心理描写和刻画，书中还收有大量富有哲理的格言、警句，精辟而深刻。

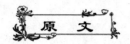

杜蒉扬觯

　　知悼子卒①，未葬。平公饮酒，师旷、李调侍。鼓钟。杜蒉②自外来，闻钟声，曰："安在?"曰："在寝③。"杜蒉入寝，历阶而升，酌④曰："旷饮斯!"又酌曰："调饮斯!"又酌，堂上北面坐⑤饮之。降，趋而出。

　　平公呼而进之，曰："蒉! 曩者尔心或开予⑥，是以不与尔言。尔饮⑦旷何也?"曰："子卯不乐⑧。知悼子在堂，斯其为子卯也大矣! 旷也，太师也，不以诏⑨，是以饮之也。""尔饮调何也?"曰："调也，君之亵⑩臣也，为一饮一食忘君之疾，是以饮之也。""尔饮何也?"曰："蒉也，宰夫也。非刀匕是共，又敢与知防⑪，是以饮之也。"平公曰："寡人亦有过焉，酌而饮寡人。"杜蒉洗而扬觯⑫。

　　公谓侍者曰："如我死，则必毋废斯爵也。"至于今，既毕献，斯扬觯，谓之杜举。

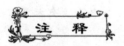

　　①知悼子:即知䓨，晋大夫。

　　②蒉:音 kuì。

　　③寝:寝宫。

　　④酌:斟酒,此处意为罚酒。

⑤坐:古人席地而坐,坐时两膝着地,臀部压在脚跟上。又君主坐北朝南,故杜蒉面北而坐,以行臣礼。

⑥曩:以往,从前。开:开导,启发。

⑦饮:此处读去声,作他动词用。

⑧子卯不乐:据说夏桀以乙卯日死,商纣以甲子日亡,后代君主引以为戒,以子卯为疾日,故不举乐。

⑨诏:告诉。不以诏:应告国君而不告,是失职。

⑩亵:亲近,狎近。

⑪共:同"供"。与:参与。两句意思是:杜自己不尽本职,越位干预国政。

⑫觯:音 zhì,古代酒器。

知悼子死了,还没有下葬。平公饮酒(作乐),师旷、李调陪伴侍奉,敲击编钟(演奏乐曲)。杜蒉从外面来,听到编钟声,说:"(国王)在哪?"(仆人)说:"在寝宫。"杜蒉前往寝宫,拾阶而上。斟酒道:"师旷干了这杯。"又斟酒道:"李调干了这杯。"又斟酒,在大厅的北面(面对国王)坐下干了酒。走下台阶,跑着出去。

平公喊他进来,说:"蒉,以往的时候你会开导我,所以我不跟你说话。你罚师旷喝酒,是为什么啊?"(杜蒉)说:"子日和卯日不演奏乐曲(据说夏朝的桀王逃亡在山西安邑县于乙卯日死亡;商朝的纣王在甲子日自焚死亡。后代君王引以为戒,以子卯日为'疾日',不演奏乐曲)。知悼子还在堂上(停灵),这事与子卯日相比大多了!师旷,是太师啊。(他)不告诉您道理,所以罚他喝酒啊。""你罚李调喝酒,(又是)为什么呢?"(杜蒉)说:"李调,是君主身边的近臣。为了一点喝的一点吃食忘记了君主的忌讳,所以罚他喝酒啊。""你自己(罚自己)喝酒,(又是)为什么呢?"(杜蒉)说:"我杜蒉,膳食官而已,不去管刀勺的事务,却敢干预(对国王)讲道理防范错误的事,所以罚自己喝酒。"平公说:"我也有过错啊。斟酒来罚我。"杜蒉洗干净然后高高举起酒杯。

平公对侍从们说:"如果我死了,千万不要丢弃这酒杯啊。"直到今天,(人们)敬完酒后,都要高举酒杯,叫做"杜举"。

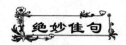

平公曰:"寡人亦有过焉,酌而饮寡人。"

作品简介

　　《战国策》是辑录战国时期谋臣策士谋划或辞说的著作，或称《国策》《国事》《短长》《事语》《长书》及《修书》等。

　　《战国策》是以国分类，各自成策。计分西周、东周、秦、齐、楚、赵、魏、韩、燕、宋、卫、中山十二策，每策若干篇，每篇若干章，共486章。记春秋末至秦，凡245年史事。从春秋末年韩、赵、魏三家灭智氏开始，到秦二世继位为止，各国的政治、军事、外交情况都得到反映，是研究战国历史的重要资料。

　　刘向(约公元前77—公元前6年)，又名刘更生，字子政，楚元王刘交四世孙，沛县(今属江苏)人。宣帝时，为谏大夫。元帝时，任宗正。以反对宦官弘恭、石显下狱，旋得释。后又以反对恭、显下狱，免为庶人。成帝即位后，得进用，任光禄大夫，改名为"向"，官至中垒校尉。曾奉命领校秘书，所撰《别录》，为我国最早的图书公类目录。治《春秋穀梁传》。著《九叹》等辞赋33篇，大多亡佚。今存《新序》《说苑》《列女传》等书，《五经通义》有清人马国翰辑本。原有集已佚，明人辑为《刘中垒集》。西汉经学家、目录学家、文学家。

鲁共公择言

　　梁王魏婴觞①诸侯于范台。酒酣,请鲁君举觞。鲁君兴,避席择言曰:"昔者,帝女令仪狄作酒而美,进之禹,禹饮而甘之,遂疏仪狄,绝旨②酒,曰:'后世必有以酒亡其国者。'齐桓公夜半不嗛③,易牙乃煎熬燔炙④,和调五味而进之,桓公食之而饱,至旦不觉,曰:'后世必有以味亡其国者。'晋文公得南之威,三日不听朝,遂推南之威而远之,曰:'后世必有以色亡其国者。'楚王登强台而望崩山,左江而右湖,以临彷徨,其乐忘死,遂盟强台而弗登,曰:'后世必有以高台陂池亡其国者。'今主君之尊,仪狄之酒也;主君之味,易牙之调也;左白台而右闾须,南威之美也;前夹林而后兰台,强台之乐也。有一于此,足以亡其国。今主君兼此四者,可无戒与!"梁王称善相属⑤。

注释

　　①觞:音伤,酒器。此处作动词用。

　　②旨:美。

　　③嗛:音jié,满足,快意。

　　④燔:音fán,炙,音zhí,都是烤肉的方法。

　　⑤相属:相互连接。

　　魏惠王魏婴在范台宴请各国诸侯。酒兴正浓的时候,魏惠王向鲁共公敬酒。鲁共公站起身,离开自己的坐席,正色道:"从前,舜的女儿仪狄擅长酿酒,酒味醇美。仪狄把酒献给了禹,禹喝了之后也觉得味道醇美。但因此就疏远了仪狄,戒绝了美酒,并且说道:'后代一定有因为美酒而使国家灭亡的。'齐桓公有一天夜里觉得肚子饿,想吃东西。易牙就煎熬烧烤,做出美味可口的菜肴给他送上,齐桓公吃得很饱,一觉睡到天亮还不醒,醒了以后说:'后代一定有因贪美味而使国家灭亡的。'晋文公得到了美女南之威,三天没有上朝理政,于是就把南之威打发走了,说道:'后代一定有因为贪恋美色而使国家灭亡的。'楚灵王登上强台远望崩山,左边是长江,右边是大湖,登临徘徊,唯觉山水之乐而忘记人之将死,于是发誓不再游山玩水。后来他说:'后代一定有因为修高台、山坡、美池,而致使国家灭亡的。'现在您酒杯里盛的好似仪狄酿的美酒;桌上放的是易牙烹调出来的美味佳肴;您左边的白台,右边的闾须,都是南之威一样的美女;您前边有夹林,后边有兰台,都是强台一样的处所。这四者中占有一种,就足以使国家灭亡,可是现在您兼而有之,能不警戒吗?"魏惠王听后连连称赞谏言非常之好。

　　今主君之尊,仪狄之酒也;主君之味,易牙之调也;左白台而右闾须,南威之美也;前夹林而后兰台,强台之乐也。有一于此,足以亡其国。今主君兼此四者,可无戒与!

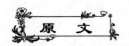

邹忌讽齐王纳谏

邹忌修八尺有余①,而形貌昳丽②。朝服之冠,窥镜③,谓其妻曰:"我孰与城北徐公美?"其妻曰:"君美甚,徐公何能及君也?"城北徐公,齐国之美丽者也。忌不自信,而复问其妾曰:"吾孰与徐公美?"妾曰:"徐公何能及君也?"旦日,客从外来,与坐谈,问之:"吾与徐公孰美?"客曰:"徐公不若君之美也。"明日,徐公来,孰视之,自以为不如;窥镜而自视,又弗如远甚。暮寝而思之,曰:"吾妻之美我者④,私我也⑤;妾之美我者,畏我也;客之美我者,欲有求于我也。"

于是入朝见威王,曰:"臣诚知不如徐公美。臣之妻私臣,臣之妾畏臣,臣之客欲有求于臣,皆以美于徐公。今齐地方千里,百二十城,宫妇左右莫不私王,朝廷之臣莫不畏王,四境之内莫不有求于王:由此观之,王之蔽甚矣⑥。"

王曰:"善。"乃下令:"群臣吏民能面刺寡人之过者。受上赏;上书谏寡人者,受中赏;能谤讥于市朝⑦,闻寡人之耳者,受下赏。"令初下,群臣进谏,门庭若市;数月之后,时时而间进;期年之后,虽欲言,无可进者。

燕、赵、韩、魏闻之,皆朝于齐。此所谓战胜于朝廷⑧。

文学常识丛书

①修：长，这里指身长。

②昳(yì)丽：光艳美丽。

③窥镜：照镜子。

④美我：以我为美，认为我美。

⑤私：偏爱。

⑥蔽：受蒙蔽而不明智。刺：指责。

⑦谤讥：议论或指责过错，无贬义。

⑧战胜于朝廷：在朝廷上战胜（别国），意谓内政修明，不须加兵，即可取胜。

59

邹忌身高八尺多，体形容貌美丽。有一天早上，他穿好衣服，戴上帽子，照着镜子，对他的妻子说："我跟城北的徐公谁漂亮？"他的妻子说："您漂亮极了，徐公哪里比得上你呀！"原来城北的徐公，是齐国的美男子。邹忌自己信不过，就又问他的妾说："我跟徐公谁漂亮？"妾说："徐公哪里比得上您呢！"第二天，有位客人从外边来，邹忌跟他坐着聊天，问他道："我和徐公谁漂亮？"客人说："徐公不如你漂亮啊。"又过了一天，徐公来了，邹忌仔细地看他，自己认为不如他漂亮；再照着镜子看自己，更觉得相差太远。晚上躺在床上反复考虑这件事，终于明白了："我的妻子赞美我，是因为偏爱我；妾赞美我，是因为害怕我；客人赞美我，是想要向我求点什么。"

于是，邹忌上朝廷去见威王，说："我确实知道我不如徐公漂亮。可是，我的妻子偏爱我，我的妾怕我，我的客人有事想求我，都说我比徐公漂亮。如今齐国的国土方圆一千多里，城池有一百二十座，王后、王妃和左右的侍从没有不偏爱大王的,朝廷上的臣子没有不害怕大王的,全国的人没有不想求得大王(恩遇)的:由此看来,您受的蒙蔽一定非常厉害。"

威王说:"好!"于是就下了一道命令:"各级大小官员和老百姓能够当面指责我的过错的,得头等奖赏;书面规劝我的,得二等奖赏;能够在公共场所评论(我的过错)让我听到的,得三等奖赏。"命令刚下达,许多大臣都来进言规劝,官门口和院子里像个闹市;几个月后,偶而才有人进言规劝;一年以后,有人即使想规劝,也没有什么说的了。

燕国、赵国、韩国、魏国、听说了这件事,都到齐国来朝拜。这就是人们说的"在朝廷上征服了别国。"

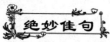

绝妙佳句

于是入朝见威王,曰:"臣诚知不如徐公美。臣之妻私臣,臣之妾畏臣,臣之客欲有求于臣,皆以美于徐公。今齐地方千里,百二十城,宫妇左右莫不私王,朝廷之臣莫不畏王,四境之内莫不有求于王:由此观之,王之蔽甚矣。

作者简介

李斯(? —公元前 208 年),字通右,秦代政治家。楚上蔡(今河南上蔡西南)人。初为郡小吏,后从荀卿学。战国末入秦,初为吕不韦舍人,后被秦王政(秦始皇)任为客卿。秦王政十年(公元前 237 年)以韩国水工郑国事件,宗室贵族建议逐客,他上书谏阻,为秦王政所采纳。不久官为廷尉。他建议对六国采取各个击破的政策,对秦始皇统一六国,起了较大作用。秦统一六国后,任丞相。又反对分封制,主张焚《诗》《书》,禁私学,以加强专制主义中央集权的统治。他又以"小篆"为标准,整理文字,对我国文字的统一有一定贡献。秦始皇死后,他追随赵高,合谋伪造遗诏,迫令秦始皇长子扶苏自杀,立少子胡亥为二世皇帝,即秦二世。后为赵高所忌,被杀。

61

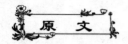

谏逐客书

　　臣闻吏议逐客，窃以为过矣①。昔穆公②求士，西取由余③于戎，东得百里奚④于宛，迎蹇叔⑤于宋，求丕豹、公孙支于晋⑥。此五人者，不产于秦，而穆公用之，并国二十⑦，遂霸西戎。孝公用商鞅之法⑧，移风易俗，民以殷盛，国以富强。百姓乐用，诸侯亲服。获楚、魏之师，举地千里⑨，至今治强。惠王用张仪之计⑩，拔三川之地，西并巴蜀⑪；北收上郡⑫；南取汉中，包九夷，制鄢郢⑬；东据成皋⑭之险，割膏腴之壤。遂散六国之从，使之西面事秦，功施到今。昭王⑮得范雎，废穰侯，逐华阳⑯，强公室，杜私门，蚕食诸侯，使秦成帝业。此四君者，皆以客之功。由此观之，客何负于秦哉？向使四君却客而不内⑰，疏士而不用，是使国无富利之实，而秦无强大之名也。

　　今陛下致昆山之玉，有随和之宝，垂明月之珠⑱，服太阿之剑，乘纤离之马，建翠凤之旗，树灵鼍之鼓⑲。此数宝者，秦不生一焉，而陛下说之⑳，何也？必秦国之所生然后可，则是夜光之璧不饰朝廷，犀象之器不为玩好，郑魏之女不充后宫，而骏马駃騠㉑不实外厩，江南金锡不为用，西蜀丹青不为采。所以饰后宫、充下陈㉒、娱心意、说耳目者，必出于秦然后可，则是宛珠之簪、傅玑之珥、阿缟之衣、锦绣之饰不进于前㉓，而随俗雅化㉔、佳冶窈窕赵女不立于侧也。夫击瓮叩缶、弹筝搏髀而歌呼呜呜快耳目者㉕，真秦之声也。郑卫桑间、韶虞武象者㉖，异国之乐也。今弃击瓮而就郑卫，退弹筝而取韶虞，若是者何也？快意当前适观而已矣。

今取人则不然，不问可否，不论曲直，非秦者去，为客者逐，然则是所重者在乎色乐珠玉，而所轻者在乎人民也，此非所以跨海内制诸侯之术也。臣闻地广者粟多，国大者人众，兵强则士勇。是以泰山不让土壤，故能成其大；河海不择细流，故能就其深；王者不却众庶，故能明其德。是以地无四方，民无异国，四时充美，鬼神降福，此五帝三王之所以无敌也㉗。今乃弃黔首以资敌国，却宾客以业诸侯，使天下之士，退而不敢西向，裹足不入秦，此所谓藉寇兵而赍盗粮者也㉘。夫物不产于秦可宝者多，士不产于秦而愿忠者众。今逐客以资敌国，损民以益仇，内自虚而外树怨于诸侯，求国之无危，不可得也。

注 释

①过：错。

②穆公：春秋秦君，姓嬴，名任好，都雍（今陕西凤翔县）。在位39年。

③由余：春秋晋人。入戎，戎王命出使秦国，为秦穆公所用。献策攻戎，开境千里，使穆公称霸。

④百里奚：春秋楚人，字井伯，为虞大夫。虞亡，走宛，为楚人所执。秦穆公闻其名，以五羖（公羊）皮赎他，用为相。

⑤蹇叔：春秋时人，居宋，穆公迎为大夫。穆公出兵袭郑，蹇叔谏阻，不听。秦军为晋军在殽地击败。

⑥丕豹:春秋晋人,父丕郑为晋惠公所杀,因奔秦,穆公用为大夫。公孙支:秦人,游晋,后归秦,穆公用为大夫。荐孟明于穆公,为人所称。

⑦并国二十:指用由余而攻占的西戎二十部落。

⑧孝公:战国秦君,名渠梁。在位24年。商鞅:即公孙鞅,战国卫人,仕魏为中庶子。入秦,说孝公变法,为左庶长。定变法令,废井田,开阡陌,倡农战,使国富兵强。封于商,称商君。孝公死,为惠王所杀。

⑨获楚、魏之师:商鞅率兵攻魏,虏公子卬,大破魏军。魏献河西地于秦。商鞅获楚师事不详。

⑩惠王:秦孝公子,名驷。用张仪为相,使司马错灭蜀,又夺取楚汉中地六百里,始称王,在位27年。

张仪:战国魏人,与苏秦同师鬼谷子,同为纵横家。苏秦主合纵,合六国拒秦。张仪相秦惠王,主连横,散六国合纵,使六国西向事秦。惠王卒,仪到魏为相卒。

⑪拔三川之地,西并巴蜀:张仪与司马错争论,张仪主张取三川,司马错主张取蜀,惠王用司马错取蜀。当时张仪为相,故归功张仪。惠王死,武王立。命甘茂取宜阳,通三川,也归功张仪。三川,东周以伊水、洛水、黄河为三川。巴蜀,指今四川省。

⑫北收上郡:惠王十年,魏献上郡(今陕西省北部)十五县。

⑬南取汉中:惠王十三年,攻楚汉中,取地六百里。汉中,今陕西南部。九夷:楚地的各种夷族。鄢郢:在今湖北宜城县。

⑭成皋:在今河南汜水县。

⑮昭王:战国秦武王弟,名稷。并西周,用范雎为相。

⑯穰侯:魏冉,秦昭王母宣太后的异父同母弟。昭王即位,年少,宣太后用冉执政,封为穰侯。

华阳:芈戎,宣太后弟,封华阳君。华阳,在今陕西商县。

文学常识丛书

⑰内：同纳。

⑱昆山：即昆冈，出宝玉，在于阗（今属新疆）。随和之宝：相传春秋时随侯救了受伤的火蛇，后蛇于江中衔大珠以报，称随珠。春秋时楚人卞和得璞，剖璞得宝玉，琢为璧，称和璧。明月之珠：即夜光珠。

⑲太阿：春秋时楚王命欧冶子、干将铸龙渊、太阿、工布三宝剑。纤离：良马名。翠凤：用翡翠羽毛作成凤形装饰的旗子。灵鼍(tuó 驼)之鼓：用扬子鳄皮制成的鼓。

⑳说：同"悦"。

㉑駃騠(jué tí 决提)：北狄良马。

㉒下陈：犹后列。

㉓宛珠之簪：用宛（今河南南阳县）地的珠来装饰的簪。簪，定发髻的长针。傅玑之珥：装有玑的耳饰。玑，不圆的珠。阿缟：东阿（在今山东）出产的丝织品。

㉔随俗雅化：随着世俗使俗变为雅。

㉕搏髀(bì 闭)：拍大腿以节歌。

㉖郑卫桑间：《礼·乐记》："郑卫之音，乱世之音也，比于慢矣。桑间濮上之音，亡国之音也。"桑间，卫国濮水上的地名。以上指当时民间的音乐。韶虞武象：韶是虞舜时的音乐。武是周武王时的乐舞，故称武象。以上指当时的雅乐。

㉗五帝：《史记·五帝本纪》以黄帝、颛顼、帝喾、尧、舜为五帝。三王：指夏禹、商汤、周文王武王。

㉘黔首：以黑巾裹头，指平民。业：立功业。赍(jī 几)：给。

臣听说官吏在议论赶走客卿，臣心里暗暗认为错了。从前穆公求取士子，西面在西戎那里得到由余，东面在宛地得到百里奚，从宋国迎接蹇叔，从晋国求得丕豹、公孙支。这五个人不生在秦国，穆公任用他们，并吞了二十个部落，得以在西戎称霸。孝公用商鞅变法，移风易俗，百姓富裕兴盛，国家因此富强。百姓乐于听命，诸侯国亲近服从。俘虏了楚魏的军队，开拓千里疆土，直到现在国家强盛。惠王用张仪的计谋，攻取了三川的地方，向西并吞巴蜀；向北取得上郡；向南占有汉中，包举众多夷族，控制楚国国都鄢郢；向东占据成皋的险要地区，割据富腴的田地。于是解散了六国的合纵，使他们向西服属秦国，功效一直延续到今天。昭王得到范雎，废去了穰侯，赶走了华阳君，加强了王朝，杜绝了私家的弄权，侵占了诸侯国，使秦国建成了帝王大业。这四位君主，都依靠客卿的功劳。从此看来，客卿有什么对不起秦国啊？假使四位君主辞退客卿不接纳，疏远士子不任用，这是使得国家没有富裕的实际，秦国没有强大的声望。

现在大王得到昆冈的宝玉，有宝贵的随珠和璧，挂着明月珠，佩着太阿剑，驾着纤离马，竖立着翠凤旗，架起了鼍皮鼓。这几样宝物，秦国一样都不生产，大王却喜欢它们，为什么？一定要秦国生产的然后可用，那么夜光璧不能装饰朝廷，犀牛角、象牙制的器物不能成为玩好，郑魏的美女不能充实后宫，駃騠好马不能充实宫外的马棚，江南的金锡不能用，西蜀的丹青不能用来着色。如果装饰后宫、充实后列、娱乐心意、满足耳目的，一定要秦国生产的然后可用，那么嵌着宛珠的簪子、配上珠玑的耳饰、东阿丝织的衣服、锦绣的修饰品都不能进用，而化俗为雅、艳丽美好的赵女也不立在旁边。敲着瓦甕瓦器、弹着筝、拍着大腿唱呜呜以满足视听的，是真正秦国的音乐。郑卫桑间的民间音乐、韶虞武象的朝廷乐舞，都是别国的音乐。现在抛弃击瓮接近郑卫的音乐,不用弹筝而用韶虞的雅乐,这是为什么? 要使情意酣畅于眼前以适合观赏罢了。

现在录用人才却不这样,不问可不可用,不论是非,不是秦国人就去掉,是客卿就赶走,那么所看重的在于女色音乐珠宝玉器,所看轻的在于人民,这不是跨越海内、制服诸侯的方法。臣听说土地广大的粮多,国家大的人多,军队强盛的战士勇敢。因此泰山不推掉泥土,所以能够成就它的大;黄河和大海不摈弃细流,所以能够成就它的深广;王者不拒绝众民,所以能够宣扬他的德教。因此,土地不论四方,百姓不分国别,四季充实美好,鬼神来降福,这是五帝三皇之所以无敌的原因。现在却抛弃人民来帮助敌国,辞退宾客去为诸侯建功立业,使得天下的士子后退而不敢向西,停步不进秦国,这就是所谓帮助寇盗兵器并且给与粮食啊。东西不产在秦国而可以宝爱的多,士子不生在秦国而愿意效忠的多。现在赶走客卿来帮助敌国,减少百姓来加多敌国的力量,对内使自己虚弱,对外在诸侯国建立怨仇,要想国家没有危险,是不能得到的。

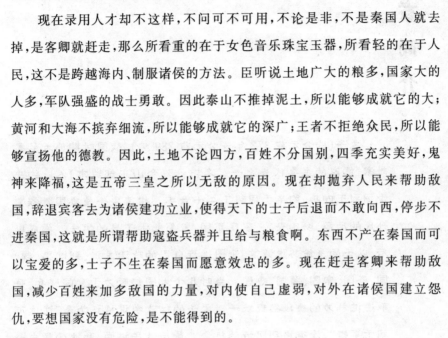

67

绝妙佳句

是以泰山不让土壤,故能成其大;河海不择细流,故能就其深;王者不却众庶,故能明其德。

作者简介

孟子(约公元前372年—公元前289年),战国时期伟大的思想家,儒家的主要代表之一。名轲,邹(今山东邹城市)人。约生于周烈王四年,约卒于周赧王二十六年。相传孟子是鲁国贵族孟孙氏的后裔,幼年丧父,家庭贫困,曾受业于子思的学生。学成以后,以士的身份游说诸侯,企图推行自己的政治主张,到过梁(魏)国、齐国、宋国、滕国、鲁国。当时几个大国都致力于富国强兵,争取通过暴力的手段实现统一。孟子的仁政学说被认为是"迂远而阔于事情",没有得到实行的机会。最后退居讲学,和他的学生一起,"序《诗》《书》,述仲尼之意,作《孟子》七篇"。

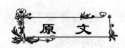

得道多助,失道寡助

孟子曰:"天时不如地利,地利不如人和。"

三里之城,七里之郭,环而攻之而不胜。夫环而攻之,必有得天时者矣;然而不胜者,是天时不如地利也。

城非不高也,池非不深也,兵革非不坚利也,米粟非不多也;委而去之,是地利不如人和也。

故曰:域民不以封疆之界,固国不以山谿①之险,威天下不以兵革之利。得道者多助,失道者寡助。寡助之至,亲戚畔②之,多助之至,天下顺之。以天下之所顺,攻亲戚之所畔,故君子有不战,战必胜矣。

69

①谿:音 xī,这里指河。
②畔:通"叛",背叛。

译 文

有利于作战的天气、时令,比不上有利于作战的地理形势,有利于作战的地理形势,比不上作战中的人心所向、内部团结。

三里的小城,七里的外城,包围着攻打它却不能取胜。包围着攻打它,必定是得到天气时令的有利条件了,这样却不能取胜,这是因为有利于作战的天气时令比不上有利于作战的地理形势。

　　城墙不是不高,护城河不是不深,武器装备不是不精良,粮食不是不多,但守城者弃城而逃走,这是因为对作战有利的地理形势比不上作战中的人心所向、内部团结。

　　所以说:使百姓定居下来,不能依靠疆域的界限,巩固国防不能靠山河的险要,威慑天下不能靠武器装备的强大。施行仁政的人,帮助支持他的人就多,不施行仁政的人,帮助支持他的人就少。帮助他的人少到了极点,兄弟骨肉都会背叛他。帮助他的多到了极点,天下人都归顺他。凭借天下人都归顺他的条件,攻打兄弟骨肉都背叛他的人,所以施行仁政的人要么不作战,作战就一定胜利。

绝妙佳句

　　天时不如地利,地利不如人和。

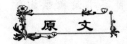

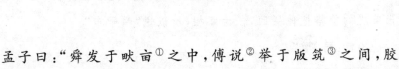

生于忧患，死于安乐

孟子曰："舜发于畎亩①之中，傅说②举于版筑③之间，胶鬲④举于鱼盐之中，管夷吾举于士⑤，孙叔敖举于海⑥，百里奚举于市⑦。

故天将降大任于是人也，必先苦其心志，劳其筋骨，饿其体肤，空乏其身，行拂乱其所为，所以动心忍性，曾⑧益其所不能。人恒过，然后能改；困于心，衡⑨于虑，而后作；征⑩于色，发于声，而后喻。入则无法家拂士⑪，出则无敌国外患者，国恒亡。然后知生于忧患而死于安乐也。"

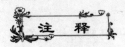

①畎（quǎn）亩：田间，田地。

②傅说（yuè）：殷武丁时人，曾为刑徒，在傅险筑墙，后被武丁发现，举用为相。

③版筑：一种筑墙工作，在两块墙版中，填入泥土夯实。

④胶鬲（gé）：殷纣王时人，曾以贩卖鱼、盐为生，周文王把他举荐给纣，后辅佐周武王。

⑤管夷吾：管仲。士：此处指狱囚管理者。当年齐桓公和公子纠争夺君位，公子纠失败后，管仲随他一起逃到鲁国，齐桓公知道他贤能，所

以要求鲁君杀死公子纠，而把管仲押回自己处理。鲁君于是派狱囚管理者押管仲回国，结果齐桓公用管仲为宰相。

⑥孙叔敖：是春秋时楚国的隐士，隐居海边，被楚王发现后任为令尹(宰相)。

⑦百里奚举于市：春秋时的贤人百里奚，流落在楚国，秦穆公用五张羊皮的价格把他买回，任为宰相，所以说"举于市"。

⑧曾：同"增"。

⑨衡：通"横"，指横塞。

⑩征：表征，表现。

⑪法家拂士：法家，有法度的大臣；拂，假借为"弼"，辅佐；拂士即辅佐的贤士。

译 文

孟子说："舜从田间劳动中成长起来，傅说从筑墙的工作中被选拔出来，胶鬲被选拔于鱼盐的买卖之中，管仲被提拔于囚犯的位置上，孙叔敖从海边被发现，百里奚从市场上被选拔。

所以，上天将要把重大使命降落到某人身上，一定要先使他的意志受到磨练，使他的筋骨受到劳累，使他的身体忍饥挨饿，使他备受穷困之苦，做事总是不能顺利。这样来震动他的心志，坚韧他的性情，增长他的才能。人总是要经常犯错误，然后才能改正错误；心气郁结，殚思极虑，然后才能奋发而起；显露在脸色上，表达在声音中，然后才能被人了解。一个国家，内没有守法的大臣和辅佐的贤士，外没有敌对国家的忧患，往往容易亡国。由此可以知道，忧患使人生存，安逸享乐却足以使人败亡。"

文学常识丛书

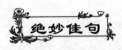

绝妙佳句

故天将降大任于是人也,必先苦其心志,劳其筋骨,饿其体肤,空乏其身,行拂乱其所为,所以动心忍性,曾益其所不能。

读古喻今

73

作者简介

　　宋玉（约公元前 290—公元前 222 年），字子渊，号鹿溪子，楚国归州人，是继屈原之后又一位浪漫主义大诗人，世人以"屈宋"并称。他是屈原的学生，始事屈原，后经景差介绍，任顷襄王的文学侍从。因作《大言赋》《小言赋》《风赋》，深得楚王赏识，赐田云梦泽，具体地点约在今澧水流域临澧县境内的浴溪河一带。不久，宋玉因国君昏庸、小人当道以及自己孤高不群而失职，被放逐到赐地居住。

　　宋玉好辞赋，为屈原之后辞赋家，与唐勒、景差齐名。相传所作辞赋甚多，《汉书·卷三十·艺文志第十》录有赋 16 篇，今多亡佚。流传作品有《风赋》《唐高赋》《登徒子好色赋》等，但后 3 篇有人怀疑不是他所作。所谓"下里巴人""阳春白雪""曲高和寡"的典故皆他而来。晚年，他创作了楚辞名篇《九辩》。今临澧县浴溪河南岸有相传为宋玉居住的宋玉城，游乐的看花山、放舟湖，并有宋玉墓。古有墓碑，因风雨剥蚀，六朝时碑文中宋玉的"玉"字的一点模糊不清，误为"宋王"。后经晚唐诗人李群玉辨明真伪，留下了"雨蚀玉文旁没点，至今误认宋王墓"的诗句。

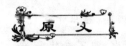

对楚王问

　　楚襄王问于宋玉曰："先生其有遗行与①？何士民众庶不誉之甚也？"②

　　宋玉对曰："唯。然③。有之。愿大王宽其罪，使得毕其辞④。"

　　"客有歌于郢中者，其始曰《下里》《巴人》，国中属而和者数千人⑤。其为《阳阿》《薤露》，国中属而和者数百人⑥。其为《阳春》《白雪》⑦，国中属而和者不过数十人。引商刻羽，杂以流徵，国中属而和者不过数人而已⑧。是其曲弥高，其和弥寡⑨。"

75

　　"故鸟有凤而鱼有鲲⑩。凤凰上击九千里，绝云霓，负苍天，足乱浮云，翱翔乎杳冥之上⑪。夫藩篱之鷃，岂能与之料天地之高哉⑫！鲲鱼朝发昆仑之墟，暴鬐于碣石，暮宿于孟诸⑬。夫尺泽之鲵，岂能与之量江海之大哉⑭？"

　　"故非独鸟有凤而鱼有鲲也，士亦有之⑮！夫圣人瑰意琦行，超然独处，世俗之民，又安知臣之所为哉？"⑯

　　①于：介词，介绍出动作行为所涉及的对象。译成现代汉语时，这个

"于"一般可以不必译出。其:用在谓语"有"之前,表示询问,相当于现代汉语的"大概""可能""或许"等。遗行(xíng):可遗弃的行为,即不良的行为。与:吧,吗。表示疑问语气,同时也带有推测、估计的语气。同"乎""哉"等比较起来,语气稍稍缓和些。

②何士民众庶不誉之甚也:为什么那么多士民不称誉你呢?这是一种委婉的说法,实际的意思是说许多士民在指责你。何:用于句首,与句末的"也"相配合,表示反问或感叹的语气。士民:这里指学道艺或习武勇的人。古代四民之一。众庶,庶民,众民。誉:称誉,赞美。甚:厉害,严重。

③唯:独立成句,表示对对方的话已经听清楚或同意,相当于现代汉语的"是""嗯"等。然:这样。用来代上文所说的情况。

④愿:希望。毕:完毕,结束。

⑤客:外来的人。歌:唱。郢(yǐng):楚国的国都,在今湖北江陵县西北,《下里》《巴人》:楚国的民间歌曲,比较通俗低级。下里,乡里。巴人,指巴蜀的人民。国:国都,京城,属(zhǔ):连接,跟着。和(hé):跟着唱。

⑥《阳阿(ē)》《薤露(xiè)》:两种稍为高级的歌曲。《阳阿》,古歌曲名。《薤露》,相传为齐国东部(今山东东部)的挽歌,出殡时挽柩人所唱。薤露是说人命短促,有如薤叶上的露水,一瞬即干。

⑦《阳春》《白雪》:楚国高雅的歌曲。

⑧引:引用。刻:刻画。商、羽、徵:五个音级中的三个。古代音乐有宫、商、角、徵(zhǐ)、羽五个音级,相当于现在简谱中的1、2、3、5、6。杂:夹杂,混合。流:流畅。

⑨是:这。弥(mí):愈,越。

⑩凤:凤凰,古代传说中的鸟王。一说雄的叫"凤",雌的叫"凰",通常都称作"凤"。鲲(kūn):古代传说中的一种大鱼。

⑪绝:尽,穷。云霓:指高空的云雾。负:背,用背驮东西。翱翔(áo

xiáng）：展开翅膀回旋地飞。平：用法相当于介词"于"，在。杳冥(yǎo)：指极远的地方。

⑫夫：那，那个。用在作主语的名词之前，起指示作用。蕃篱．篱笆。鷃（yàn）：一种小鸟。岂：用在谓语"料"前，与句末的"哉"一起，表示反诘。之：作介词"与"的宾语，代上文的"凤凰"。下文的"岂能与之量江海之大哉"的"岂""哉""之"同。料(liào)：估量，估计。

⑬朝(zhāo)：早晨。发：出发。昆仑：我国西北部的著名大山，西起帕米尔高原东部，横贯新疆、西藏间，东延入青海境内。墟(xū)：土丘。暴：暴露。鬐（qí）：鱼脊。碣石(jié)：渤海边上的一座山。在今河北昌黎北。孟诸：古代大泽名，在今河南商丘东北、虞城西北。

⑭尺泽：尺把大的小池。鲵(ní)：小鱼。量：衡量，计量。

⑮非独：不但。

⑯瑰意琦行（guīqí）：卓越的思想、美好的操行。世俗：指当时的一般人。多含有平常、凡庸的意思。安：怎么，哪里，表示反问。

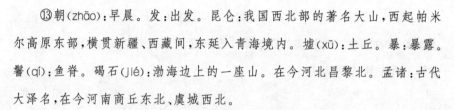

译文

楚襄王问宋玉说："先生也许有不检点的行为吧？为什么士人百姓都那么不称赞你呢？"

宋玉回答说："是的，是这样，有这种情况。希望大王宽恕我的罪过，允许我把话说完。"

"有个客人在都城里唱歌，起初他唱《下里》《巴人》，都城里跟着他唱的有几千人；后来唱《阳阿》《薤露》，都城里跟着他唱的有几百人；等到唱《阳春》《白雪》的时候，都城里跟着他唱的不过几十人；最后引用商声，刻画羽声，夹杂运用流动的徵声时，都城里跟着他应和的不过几个人罢了。这样看来,歌曲越是高雅,和唱的人也就越少。"

"所以鸟类中有凤凰,鱼类中有鲲鱼。凤凰展翅上飞九千里,穿越云霄,背负着苍天,两只脚搅乱浮云,翱翔在那极高远的天上;那跳跃在篱笆下面的小鹌雀,岂能和它一样了解天地的高大!鲲鱼早上从昆仑山脚下出发,中午在渤海边的碣石山上晒脊背,夜晚在孟诸过夜;那一尺来深水塘里的小鲵鱼,又怎么能和它一样测知江海的广阔!"

"所以不只是鸟类中有凤凰,鱼类中有鲲鱼,士人之中同样有杰出人才。圣人的伟大志向和美好的操行,超出常人而独自存在,一般的人又怎能知道我的所作所为呢?"

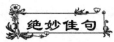
绝妙佳句

故鸟有凤而鱼有鲲。凤凰上击九千里,绝云霄,负苍天,足乱浮云,翱翔乎杳冥之上。夫藩篱之鹌,岂能与之料天地之高哉!鲲鱼朝发昆仑之墟,暴鬐于碣石,暮宿于孟诸。夫尺泽之鲵,岂能与之量江海之大哉?

文学常识丛书

作者简介

　　司马迁(公元前145年或公元前135年—?),西汉史学家,文学家。字子长,左冯翊夏阳(今陕西韩城西南)人。生于汉景帝中元五年(公元前145年),一说生于汉武帝建元六年(公元前135年),卒年不可考。司马迁10岁开始学习古文书传。约在汉武帝元光、元朔年间,向今文家董仲舒学《公羊春秋》,又向古文家孔安国学《古文尚书》。20岁时,从京师长安南下漫游,足迹遍及江淮流域和中原地区,所到之处考察风俗,采集传说。不久仕为郎中,成为汉武帝的侍卫和扈从,多次随驾西巡,曾出使巴蜀。元封三年(公元前108年),司马迁继承其父司马谈之职,任太史令,掌管天文历法及皇家图籍,因而得读史官所藏图书。太初元年(公元前104年),与唐都、落下闳等共订《太初历》,以代替由秦沿袭下来的《颛顼历》,新历适应了当时社会的需要。此后,司马迁开始撰写《史记》。后因替投降匈奴的李陵辩护,获罪下狱,受腐刑。出狱后任中书令,继续发愤著书,终于完成了《史记》的撰写。人称其书为《太史公书》,是中国第一部纪传体通史,对后世史学影响深远,《史记》语言生动,形象鲜明,也是优秀的文学作品。

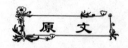

陈涉世家

陈胜者,阳城人也,字涉。吴广者,阳夏人也,字叔。陈涉少时,尝与人佣耕①,辍耕之垄上②,怅恨久之③,曰:"苟④富贵,无⑤相忘。"庸⑥者笑而应曰:"若⑦为庸耕,何富贵也?"陈涉太息曰⑧:"嗟乎⑨,燕雀安知鸿鹄之志哉⑩!"

二世元年七月⑪,发闾左⑫适戍渔阳,九百人屯⑬大泽乡。陈胜、吴广皆次当行⑭,为屯长。会⑮天大雨,道不通,度已失期⑯。失期,法皆斩。陈胜、吴广皆谋曰:"今亡⑰亦死,举大计⑱亦死,等死⑲,死国⑳可乎?"陈胜曰:"天下苦秦㉑久矣。吾闻二世少子也㉒,不当立㉓,当立者乃公子扶苏。扶苏以数谏故㉔,上使外将兵㉕。今或闻㉖无罪,二世杀之㉗。百姓多闻其贤,未知其死也。项燕为楚将,数有功,爱士卒,楚人怜之㉘。或以为死,或以为亡。今诚以吾诈自称公子扶苏、项燕㉙,为天下唱㉚,宜㉛多应者。"吴广以为然㉜。乃行卜㉝。卜者知其指意㉞,曰:"足下事皆成,有功。然足下卜之鬼乎㉟!"陈胜、吴广喜,念鬼㊱,曰:"此教我先威众耳㊲。"乃丹书帛曰:"陈胜王"㊳,置人所罾㊴鱼腹中。卒买鱼烹食,得鱼腹中书,固以㊵怪之矣。又间令吴广之次所旁丛祠中㊶,夜篝火㊷,狐鸣㊸呼曰:"大楚兴,陈胜王。"卒皆夜惊恐。旦日㊹,卒中往往语㊺,皆指目陈胜㊻。

吴广素爱人，士卒多为用⁴⁷者。将尉醉，广故数言欲亡，忿恚⁴⁸尉，令辱之，以激怒其众。尉果笞广⁴⁹。尉剑挺⁵⁰，广起，夺而杀尉。陈胜佐之，并杀两尉。召令徒属曰："公等遇雨，皆已失期，失期当斩。藉弟令毋斩⁵¹，而戍死者固十六七⁵²。且壮士不死即⁵³已，死即举大名耳，王侯将相宁有种乎⁵⁴！"徒属皆曰："敬⁵⁵受命。"乃诈称公子扶苏、项燕，从民欲也⁵⁶。袒右⁵⁷，称大楚。为坛而盟⁵⁸，祭以尉首。陈胜自立为将军，吴广为都尉。攻大泽乡，收而攻蕲。蕲下，乃令符离人葛婴将兵徇⁵⁹蕲以东攻铚、酂、苦、柘、谯皆下之。行收兵。比⁶⁰至陈，车六七百乘⁶¹骑千余，卒数人。攻陈，陈守令⁶²皆不在，独守丞战与战谯门中。弗胜，守丞死，乃入据陈。数日，号令如三老、豪杰与皆来会计事⁶³。三老、豪杰皆曰："将军身被坚执锐⁶⁴，伐无道⁶⁵，诛暴秦，复立楚国之社稷⁶⁶，功宜为王。"陈涉乃立为王，号为张楚⁶⁷。当此时，诸郡县苦秦吏者，皆刑其长吏，杀之以应陈涉。

注 释

①尝：曾经。佣耕：被雇用去给人耕田。佣，受人雇佣的人。

②辍：停止。之：往。垄：田埂。

③怅恨：失意的烦恼。

④苟：如果。

⑤无：通"毋"，不要。

⑥庸：同"佣"，被雇用的人。

⑦若：你。

⑧太息:长叹。

⑨嗟乎:感叹的声音,相当于今语"唉"。

⑩燕雀:泛指小鸟。这里比喻见识短浅的人。鸿:大雁。鹄:天鹅。这里用"鸿鹄"比喻志向远大的人。

⑪二世元年:即公元前209年。

⑫发闾左:征调贫民百姓。闾左,秦时贵右贱左,富者居住在闾右,贫者居在闾左。闾,里巷的大门。適(zhé,折):同"谪",因有罪被发遣。

⑬屯:驻扎。

⑭皆次当行:按照征发的编排次序,都应当前往。次:编次。

⑮会:正赶上。

⑯度(duó,夺):估计。失期:误期,过了期限。

⑰亡:逃亡。

⑱大计:干大事。指起义。举,发动。

⑲等死:同样是死。

⑳死国:为国家大事而死。

㉑苦秦:即"苦于秦",受秦统治之苦。

㉒少子:小儿子。秦二世胡亥是秦始皇的第十八子。

㉓立:立为皇帝。

㉔数谏:屡次进谏。故:缘故。

㉕上:指秦始皇。将兵:统率军队。指扶苏奉秦始皇之命和蒙恬领兵北防匈奴。

㉖或闻:有人听说。

㉗二世:公元前210年秦始皇东巡病死于沙丘(今河北巨鹿),胡亥勾宦官赵高、丞相李斯伪造遗诏,逼扶苏自杀。

㉘怜之:爱戴他。怜,爱。

㉙诚:假如。诈:假托。

㉚唱:同"倡",倡导,号召。

㉛宜:应该。

㉜然:对。

㉝行卜:去占卦。卜,占卦,古人预测吉凶的一种方法。

㉞指意:意图。指,同"旨"。

㉟这句的意思是说,然而你们向鬼神问过吉凶吗?

㊱念鬼:思索"卜之鬼"的意思。

㊲威众:指在群众中取得威信。

㊳丹书帛:即"以丹书于帛",用朱砂在白绸子上写。书,写。

㊴罾(zēng,增):鱼网。这里是用鱼网捕到的意思。

㊵固:本来。以:同"已"。

㊶间:这里指暗中。次所:行军时临时驻扎的地方。丛祠:树木隐蔽的庙。

㊷篝火:在竹笼里点着火。篝,竹笼。这里作动词用。

㊸狐鸣:指假装狐狸叫。

㊹旦日:明天。

㊺往往:常常,到处。语:议论。

㊻指目:指着看。目,这里作动词用,注视。

㊼为用:即"为其所用"的省略。

㊽忿恚(huì,惠)恼怒。

㊾笞:鞭打。

㊿剑挺:剑拔出鞘。挺,拔。

51藉:假使。弟:但。毋:不。

52固:本来。十六七:十分之六七。

53 已：止。

54 宁：难道。种：这里是"祖传"的意思。

55 敬：谨。

56 民欲：人民的愿望。

57 袒(tǎn，坦)右：解衣露出右臂，做为起义的标志。

58 盟：指宣誓立约。

59 徇：巡行。这里特指率军队巡行各地，使之降服。

60 比：等到。

61 乘：辆。古时一车四马叫做"乘"。

62 守令：指郡守和县令。陈是郡治所在，故有太守和县令。

63 三老：秦代掌管教化的乡官。秦，十里一亭，亭有亭长，十亭一乡，乡有三老。豪杰：指有声望势力的地主绅士大户。会：集会。计事：议事。

64 身披(pī，劈)坚执锐：亲自穿着坚固的铠甲，手执锐利的武器。被，同"披"。

65 无道：指不义的暴君。

66 社稷："社"是土地神，"稷"是谷神。以古代国君都祭祀土地神和谷神，后来社稷就用做国家的代称。

67 张楚：含有"张大楚国"的意思。

译　文

　　陈胜是阳城县人，表字涉。吴广是阳夏县人，表字叔。陈胜年轻的时候，曾经跟别人一道被雇佣耕地。(有一天，)他停止耕作走到田边高地(休息)，怅然地叹息了好长时间以后，对同伴们说："有朝一日有谁富贵了，可别忘记咱穷哥儿们。"同伴们笑着回答他："你给人家耕地当牛马，哪里谈得上富贵啊!"陈胜长叹一声,说:"燕雀怎么能知道鸿鹄的凌云壮志啊!"

秦二世皇帝元年七月,征召穷苦的平民900人去戍守渔阳,临时驻扎在大泽乡。陈胜、吴广都被编进这支队伍,并担任小队长。正碰上下大雨,道路不通,估计已经误了期限。误了期限,按秦王朝的军法,就要杀头。陈胜、吴广在一起商量,说:"如今逃跑(抓了回来)也是死,起来造反也是死,反正都是死,倒不如为恢复楚国而死,这样好吧?"陈胜说:"全国人民长期受秦王朝压迫,痛苦不堪。我听说二世是(秦始皇儿子),不该立为国君,该立的是太子扶苏。扶苏因为多次谏劝始皇的缘故,始是派他到边疆去带兵。最近传闻说,并不为什么罪名,二世就将他杀害。老百姓大多听说他很贤明,却不知道他已经死了。项燕担任楚国将领的时候,(曾)多次立功,又爱护士卒,楚国人很爱怜他,有人认为他战死了,有人认为逃走了。如今假使我们这些人冒充公子扶苏和项燕的队伍,向全国发出号召,应当有很多人来响应的。"吴广认为(这个见解广很正确)。(二人)于是去算卦。那算卦的人知道他俩的意图,说:"你们的事都能办成,能建功立业。不过你们还是去问问鬼神吧!"陈胜、吴广很高兴,(又)捉摸这"问问鬼神"的意思,终于悟出:"这是教我们先在众人中树立威信啊。"于是用朱砂在调条上写了"陈胜王"三个字,再把绸条塞进入家网起来的一条鱼肚子里,士兵买鱼回来烹食,发现了鱼肚子里的绸条,本来已经觉得奇怪了。(陈胜)又暗地里派吴广潜藏在驻地附近被草树包围着的祠堂里,天黑以后点上灯笼(装鬼人),装作狐狸的声音,向(士兵们)喊道:"大楚复兴,陈胜为王。"士兵们一整夜既惊且怕。第二天,大家到处谈论这件事,都指指点点的,互相示意的看着陈胜。

吴广平时很关心周围的人,士兵们大多愿意为他出力。(那天,)(两个)军官喝醉了,吴广故意再三地提出要逃走,惹他们起火,让他们责罚他,借此来激怒士兵群众。那军官果然鞭打了吴广。(众士兵愤愤不平,)军官

谈古喻今

85

（刚）拔出剑来威吓（士兵），吴广一跃而起，夺过剑来杀死了他。陈胜协助吴广，一同杀了两个军官。陈胜把众戍卒召集起来，宣布号令，说："各位（在这里）遇到大雨，都超过了规定到达渔阳的期限。过期到达就要杀头。就算侥幸不杀头，而戍守边塞的八十个中也得死去六七个。再说，大丈夫不死则已，死就要干出一番大事业啊。王侯将相难道是天生的贵种吗?"众戍卒齐声应道："一定听从您的号令。"于是冒充是公子扶苏和项燕的队伍，为的是顺从百姓的愿望。大家露出右臂作为义军的标志，打出大楚旗号。又筑了一座高台，举行誓师仪式，用那两个军官的头祭扫天地。陈胜自立为将军，吴广任都尉。起义军（首先）进攻大泽乡，占领该乡后接着进攻该县。攻克新县后，就派符离人葛婴带兵攻取新县以东的地方。（陈胜自率主力）攻打任、铚挪、苦、柘、樵等县，都拿下来了。一路上收编人马，等打到陈县的时候，已有战车六七百辆，马一千多匹，士卒几万人。进攻陈县时，郡守和县令都不在城中，只有守丞带兵在礁门中应战。起义军（一时）不能战胜，（不久）守丞被人杀死，大军才进入陈县。几天后，陈胜召集当地的乡官和有声望的人共同商讨大事。这些人异口同声地说："将军您亲自披甲上阵，手拿武器，讨伐残暴无道的秦国，恢复楚国的社稷，论功应当称王。"于是陈胜被拥戴称王，宣称要重建楚国。这时，各郡县受秦朝官吏压迫的人都纷纷起事，惩办当地的长官，把他们杀死，来响应陈胜的号召。

陈涉太息曰："嗟乎，燕雀安知鸿鹄之志哉。"

文学常识丛书

作者简介

马援(公元前14年—公元49年),字文渊,东汉扶风茂陵(今陕西兴平东北)人。新莽时,为新城大尹。后依附隗嚣,继归刘秀,攻灭隗嚣,为陇西太守。官至伏波将军,封新息侯。后在进击武陵"五溪蛮"时,病死军中。著有《铜马相法》。

87

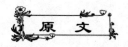

诫兄子严敦书

吾欲汝曹①闻人过失，如闻父母之名，耳可得闻，口不可得言也。好议论人长短，妄是非②正法，此吾所大恶也，宁死不愿闻子孙有此行也。汝曹知吾恶之甚矣，所以复言者，施衿结缡，申父母之戒③，欲使汝曹不忘之耳。

龙伯高敦厚周慎，口无择言④，谦约节俭，廉公有威，吾爱之重之，愿汝曹效之。杜季良豪侠好义，忧人之忧，乐人之乐，清浊无所失⑤；父丧致客，数郡毕至⑥，吾爱之重之，不愿汝曹效也。效伯高不得，犹为谨敕之士，所谓刻鹄不成尚类鹜者也⑦；效季良不得，陷为天下轻薄子，所谓画虎不成反类狗者也⑧。讫今季良尚未可知，郡将下车⑨辄切齿，州郡以为言⑩，吾常为寒心，是以不愿子孙效也。

文学常识丛书

①汝曹：你等，尔辈。

②是非：评论、褒贬。

③施衿结缡，申父母之戒：古时礼俗，女子出嫁，母亲把佩巾、带子结在女儿身上，为其整衣。父戒女曰："戒之敬之，夙夜无违命。"母戒女曰："戒之敬之，夙夜无违宫事。"

④口无择言：讲话不选择言辞。意为所言皆善。

⑤清浊无所失：意为诸事处置得宜。

⑥数郡毕至：数郡的客人全都赶来了。

⑦鹄：天鹅。鹜：野鸭子。此句比喻虽仿效不及，尚不失其大概。

⑧画虎不成反类狗：比喻弄巧成拙。

⑨下车：指官员初到任。切齿：表示痛恨。

⑩以为言：把这作为话柄。

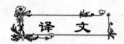

（我的兄长的儿子马严和马敦，都喜欢谈论别人的事，而且爱与侠士结交。我在前往交趾的途中，写信告诫他们。）

我希望你们听说了别人的过失，像听见了父母的名字：耳朵可以听见，但嘴中不可以议论。喜欢议论别人的长处和短处，胡乱评论朝廷的法度，这些都是我最深恶痛绝的。我宁可死，也不希望自己的子孙有这种行为。你们知道我非常厌恶这种行径，所以我是一再强调的。就像女儿在出嫁前，父母一再告诫的一样，我希望你们牢牢记住。

龙伯高这个人敦厚诚实，说出的话没有什么可以指责的。谦约节俭，待人又不失威严。我爱护他，敬重他，希望你们向他学习。杜季良这个人豪侠好义，有正义感，把别人的忧愁作为自己的忧愁，把别人的快乐作为自己的快乐。无论什么人都结交。他的父亲去世时，来了很多人。我爱护他，敬重他，但不希望你们向他学习。（因为）学习龙伯高不成功，还可以成为谨慎谦虚的人。就所谓"刻鹄不成，尚类鹜"。而一旦学习杜季良不成功，那你们就成了纨绔子弟。就所谓"画虎不成，反类犬"。到现今杜季良还不知晓，郡将到任就令人怨恨，百姓的意见很大。我常常为他寒心，这就

89

是我不希望子孙向他学习的原因了。

刻鹄不成尚类鹜者也；

画虎不成反类狗者也。

文学常识丛书

作品简介

　　《汉书》是东汉时期最重要的历史著作,由东汉史学家班固所著。《汉书》起自汉高祖刘邦,止于平帝、王莽,写了西汉王朝二百多年的历史,是我国第一部断代史。班固的父亲班彪,继《史记》之后,作《后传》六十五篇。班彪死,班固继承父业,完成《汉书》一百卷。班固死时,《汉书》的八表和《天文志》还没有完成,后来由班固妹班昭等人补写。

　　《汉书》大体上沿袭《史记》的体例,只是把《史记》的世家并入列传,改书为志,共分纪、表、志、传四类。《汉书》十志的规模比《史记》的八书更宏大,其中《刑法》《五行》《地理》和《艺文》四志,是《史记》没有的。

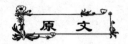

高帝求贤诏

　　盖闻王者莫①高於周文②,伯者莫高於齐桓③,皆待贤人而成名。今天下贤者智能,岂特④古之人乎?患在人主不交故也,士奚由⑤进?今吾以天之灵⑥,贤士大夫,定有天下,以为一家。欲其长久,世世奉宗庙亡绝也。贤人已与我共平之矣,而不与吾共安利之,可乎?贤士大夫有肯从我游⑦者,吾能尊显之。布告天下,使明知朕意。

　　御史大夫昌下相国,相国酂侯⑧下诸侯王,御史中执法下郡守,其有意称明德者,必身劝,为之驾,遣诣相国府,署行、义、年,有而弗言,觉免⑨。年老癃⑩病,勿遣。

①莫:没有什么人,代词。

②周文:即周文王,姓姬,名昌,商纣时为西伯。在位50年,国势强盛。

③齐桓:齐恒公,姓姜,名小白。他任用管仲,富国强兵,九合诸侯,成为春秋时第一个霸主。

④岂特:岂独,难道只。

⑤奚由:由奚,从哪里来。凝问代词做宾语,用在介词前面。奚:何,哪里。

⑥灵:威灵,有保佑的意思。

⑦游:交游,这里有共事的意思。

⑧鄜侯:这里指萧何。

⑨觉免:发觉后受免职处分。

⑩癃:腰部弯曲、背部隆起。这里泛指残疾。

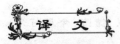

听说做国王的没有比周文王更高明的,称霸诸侯的没有比齐桓公更高明,(他们)都是容得下贤人而成名的。今天天下的贤人(一样)聪明能干,难道只有古代的贤人聪明能干吗?问题出在国王不(与贤人)交往的原因啊,贤能之士能从哪儿来呢?今天我因为上天的保佑,贤士大夫(的辅佐),平定拥有了天下,成为了一家的天下。想要它长久,世世代代供奉(刘家)宗庙不绝。贤人已经与我共同平定了天下了,却不与我共同安定享受它,怎么行呢?贤士大夫有肯跟我交往的,我能够让他尊贵显耀。(将这圣旨)公告天下,使我的旨意大家都明白和知道。

御史大夫周昌传达给丞相,丞相萧何传达给各诸侯王,御史中执法传达给各郡最高长官,有估计符合德行贤明的人,一定要亲自去劝说,为他驾车,送到相国府,登记履历、容貌、年龄,有(贤人)却没有上报的(地方),发觉了就免(地方官员的)职。年老病弱的,不要送(来)。

贤士大夫有肯从我游者,吾能尊显之。

93

作者简介

　　魏征(公元580年—公元643年),字玄成,馆陶(今属河北)人,后迁居相州内黄(今河南内黄)。少时曾出家为道士,隋末参加瓦岗起义军,后降唐。唐太宗时拜谏议大夫、检校侍中等职,领导周、隋、陈、齐诸史的撰修工作。后封郑国公,任太子太师。魏征在历史上以能犯颜直谏著称,前后陈谏二百余事,多被太宗采纳。魏征提倡"无面从退有后言""爱而知其恶,憎而知其善"。建议太宗广开言路,认为"兼听则明,偏听则暗"。魏征病卒后,唐太宗痛惜"遂亡一镜矣"。作有《隋书》的序论,《梁书》《陈书》《齐书》的总论,主编有《群书治要》,还有《魏郑公诗集》《魏郑公文集》等。言论散见于《贞观纪要》。

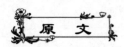

谏太宗十思疏

　　臣闻求木之长者，必固其根本；欲流之远者，必浚其泉源；思国之安者，必积其德义。源不深而望流之远，根不固而求木之长，德不厚而思国之安，臣虽下愚，知其不可，而况于明哲乎？人君当神器①之重，居域中之大②，不念居安思危，戒奢以俭，斯亦伐根以求木茂，塞源而欲流长也。

　　凡百元首，承天景③命，善始者实繁，克终者盖寡。岂取之易，守之难乎？盖在殷④忧，必竭诚以待下；既得志，则纵情以傲物。竭诚，则吴、越为一体；傲物，则骨肉为行路。虽董⑤之以严刑，振之以威怒，终苟免而不怀仁，貌恭而不心服。怨不在大，可畏惟人，载舟复舟，所宜深慎。

　　诚能见可欲，则思知足以自戒；将有作⑥，则思知止以安人；念高危，则思谦冲⑦而自牧；惧满溢，则思江海下百川；乐盘游⑧，则思三驱⑨以为度；忧懈怠，则思慎始而敬终；虑壅蔽，则思虚心以纳下；惧谗邪，则思正身以黜恶；恩所加，则思无因喜以谬赏；罚所及，则思无因怒而滥刑。总此十思，宏此九德⑩。简能而任之⑪，择善而从之，则智者尽其谋，勇者竭其力，仁者播其惠，信者效其忠。文武并用，垂拱而治。何必劳神苦思，代百司之职役哉！

95

①神器：帝位。

②居域中之大：占据天地间的一大。《老子》上篇："道大，天大，地大，王亦大。域中有四大，而王居其一焉。"域中，天地间。

③景：大。

④殷：深。

⑤董：督责，监督。

⑥作：兴作，建筑。指兴建宫室之类。

⑦谦冲：谦虚。自牧：自我修养。

⑧盘游：打猎游乐。

⑨三驱：一年打猎三次。《礼·王制》："天子诸侯无事，则岁三田（猎）。"

⑩九德：指忠、信、敬、刚、柔、和、固、贞、顺。

⑪简：选拔。

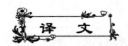

译　文

臣听说要求树木长得高大，一定要稳固它的根底；想要河水流得远长，一定要疏通它的源泉；要使国家安定，一定要积聚它的德义。源泉不深却希望河水流得远长，根底不稳固却要求树木长得高大，道德不深厚却想国家的安定，臣虽然愚笨，（也）知道这是不可能的，何况（像陛下这样）明智的人呢？国君掌握帝位的重权，处在天地间最高的地位，不考虑在安乐时想到危难、用节俭来消除奢侈，这也像砍伐树木的根却要求树木茂盛，阻塞水的源头却希望水流得长远一样啊。

所有帝王，承受上天的大命，开头作得好的实在很多，能够贯彻到底的大概很少。难道夺取天下容易守住天下就难了吗？大凡在深重忧患当中必须竭尽诚意对待臣下，得志以后就放纵自己傲慢地对待一切人；竭尽诚意就能使胡和越这样隔绝、疏远的地方也能结成一体。傲慢地对待人，就是骨肉亲属也能成为各不相关的人。虽然用严刑来监督他们，用声威吓唬他们，结果大家只图苟且免除罪罚，却不怀念仁德，表面上恭顺而不是内心里悦服。怨恨不在于大小，可怕的是众人；（百姓和皇帝的关系，就像水和船一样），水能载船也能够颠覆船，这是应该深切警惕的。

　　如果真的能够作到：看见引起自己爱好的东西，就想到应该知足来警惕自己；将要兴建宫室土木，就要想到适可而止，使百姓安宁；想到君位高而且危，就要不忘谦虚加强道德修养；恐怕自己骄傲自满，就要想到江海所以巨大，是因为能居于百川之下；游乐忘返地打猎时，就要想到古人说的"一年三次"田猎为限度；忧虑自己松懈懒惰时，就要想到自始至终都要谨慎；怕自己耳目被堵塞、遮蔽，就要想到虚心接受下面意见；担心有谗邪的人在自己身边，就想到要自身正直，斥退邪恶的人；恩惠所施加，就要想到没有因为偏爱而给予不恰当的奖赏；惩罚所涉及，就要想到没有因为生气而滥用刑罚：总括这十思，扩大这九德的修养，选拔有才能的人而任用他们，选择好的意见采纳它，那些有智慧的就会施展他们的全部才谋，勇敢的就会竭尽他们的威力，仁爱的就会广施他们的恩惠，诚信的就会报效他们的忠心，文臣武将都能重用，（皇上）垂衣拱手就能治理好天下，何必劳神苦思，事事过问代替百官的职务呢？

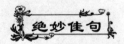

　　臣闻求木之长者,必固其根本;欲流之远者,必浚其泉源;思国之安者,必积其德义。

作者简介

　　杜牧,字牧之,京兆万年(今陕西西安)人。唐文宗大和二年进士,历任监察御史,黄州、池州、睦州等地刺使,以及司勋员外郎、中书舍人等职。杜牧有政治理想,但由于秉性刚直,屡受排挤,一生仕途不得志,因而晚年纵情声色,过着放荡不羁的生活。杜牧的诗、赋、古文都负盛名,而以诗的成就最大,与李商隐齐名,世称"小李杜"。其诗风格俊爽清丽,独树一帜。尤其长于七言律诗和绝句。

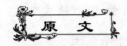

阿房宫赋

六王①毕，四海一。蜀山兀②，阿房出。覆压三百余里③，隔离天日。骊山北构而西折④，直走咸阳⑤。二川⑥溶溶，流入宫墙。五步一楼，十步一阁。廊腰缦回⑦，檐牙高啄。各抱地势，勾心斗角。盘盘焉⑧，囷囷焉⑨，蜂房水涡，矗不知乎几千万落⑩。长桥卧波，未云何龙？复道行空⑪，不霁何虹⑫？高低冥迷，不知西东。歌台暖响，春光融融；舞殿冷袖，风雨凄凄。一日之内，一宫之间，而气候不齐。

妃嫔媵嫱⑬，王子皇孙，辞楼下殿，辇来于秦⑭，朝歌夜弦，为秦宫人。明星荧荧，开妆镜也；绿云扰扰，梳晓鬟也；渭流涨腻，弃脂水也⑮；烟斜雾横，焚椒兰也⑯。雷霆乍惊，宫车过也，辘辘⑰远听，杳⑱不知其所之也。一肌一容，尽态极妍，缦立远视，而望幸焉⑲，有不得见者，三十六年⑳。燕、赵之收藏，韩、魏之经营，齐、楚之精英，几世几年，剽掠其人㉑，倚叠如山。一旦不能有，输来其间。鼎铛㉒玉石，金块珠砾。弃掷逦迤㉓，秦人视之，亦不甚惜。

嗟乎！一人之心，千万人之心也。秦爱纷奢，人亦念其家。奈何取之尽锱铢㉔，用之如泥沙？使负栋㉕之柱，多于南亩㉖之农夫；架梁之椽，多于机上之工女；钉头磷磷，多于在庾㉗之粟粒；瓦缝参差，多于周身之帛缕㉘；直栏横槛，多于九土之城郭㉙；管弦呕

99

哑㉚，多于市人之言语。使天下之人，不敢言而敢怒。独夫㉛之心，日益骄固。戍卒叫㉜，函谷举㉝，楚人一炬㉞，可怜焦土。

呜呼！灭六国者，六国也，非秦也。族秦者，秦也，非天下也。嗟乎！使六国各爱其人，则足以拒秦；秦复爱六国之人，则递三世㉟，可至万世而为君，谁得而族灭也㊱？秦人不暇自哀，而使后人哀之；后人哀之而不鉴之，亦使后人而复哀后人也。

注　释

①六王：指战国时齐、楚、燕、韩、赵、魏六国之君。

②兀(wù雾)：突兀，指山上树林砍尽，只剩下光秃的山顶。

③覆压：覆盖。三百余里：指宫殿占地面积大。《三辅皇图》载：阿房宫"规恢三百余里"。

④骊山：在今陕西省临潼县东南。构：建筑。

⑤走：趋向。咸阳：秦朝的国都。

⑥二川：指渭水和樊川。渭水源出甘肃，流经陕西省；樊川即樊水，灞水的支流，在今陕西省。

⑦廊腰：走廊中间的转折处。缦，无花纹的丝绸。

⑧盘盘：盘旋。焉，犹"然"。

⑨囷囷(jūn君)：曲折。

⑩矗：高耸。落：座，所，建筑物的单位量词。一说指院落、院子。

⑪复道：宫中楼阁相通，上下都有通道，称复道。因筑在山上，故称行空。

⑫霁(jì寄)：雨止云开。

⑬妃：帝王的妾，太子王侯的妻。嫔(pín贫)：宫中女官。媵(yìng映)：

后妃陪嫁的女子。嫱(qiáng 强):宫中女官。

⑭辇(niǎn 碾):古代贵族乘坐的人力车。此用作动词,乘车。

⑮脂水:洗胭脂的水。

⑯椒、兰:两种芳香植物。

⑰辘(lù 鹿)辘:车声。

⑱杳(yǎo 咬):远。

⑲望幸:盼望皇帝到来。幸,封建时代称皇帝亲临为幸。

⑳秦始皇在位共三十六年多(前246—前210年),在兼并六国前自不能罗致诸侯子女,这里是夸张。

㉑其人:其民。唐人避太宗李世民讳,以"人"代"民"。

㉒鼎:古代一种三足两耳的贵重器物。铛(chēng 称):铁锅,三足。

㉓逦迤(lǐ yǐ):接连不断。这里是说到处都是。

㉔锱铢(zī zhū 资朱):古时的重量单位。《说文》:六铢为锱。此极言微小。

㉕负栋:支撑栋梁的柱子。

㉖南亩:泛指农田。

㉗庾:粮仓。

㉘帛缕:丝绸衣服上的纱线。

㉙九土:九州,指全国。郭:外城。

㉚管弦:指箫笙、琴瑟等乐器。呕哑:乐器发出的声音。

㉛独夫:丧尽人心的暴君,指秦始皇。

㉜戍卒叫:指陈胜、吴广在谪戍渔阳途中,于大泽乡振臂一呼,率众起义。

㉝函谷举:指刘邦攻破函谷关。举,攻破,拔取。

㉞楚人一炬:公元前206年,项羽入咸阳,杀秦将王子婴,"烧秦宫室,

火三月不灭"(《史记·项羽本纪》)。楚人,指项羽。项羽是楚将项燕的后代,故称楚人。

㉟递三世:传至第三代。

㊱族灭:即灭族。古有灭三族、九族、十族的酷刑。此指秦朝彻底覆灭。

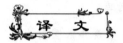

译 文

六国灭亡,秦始皇统一中国后,伐光了蜀山的树木,阿房宫才盖起来。阿房宫占地三百多里,楼阁高耸,遮天蔽日。从骊山之北构筑宫殿,曲折地向西延伸,一直修到秦京咸阳。渭水和樊川两条河,水波荡漾地流入宫墙。五步一栋楼,十步一座阁。走廊曲折像缦带一般回环,飞檐像禽鸟在高处啄食。楼阁各依地势的高下而建,像是互相环抱,宫室高低屋角,像钩一样联结,飞檐彼此相向,又像在争斗。盘旋地、曲折地,密接如蜂房,回旋如水涡,不知矗立着几千万座。长桥横卧在渭水上,人们看了要惊讶:天上没有云,怎么出现了龙?复道横空而过,彩色斑斓,人们看了要诧异:不是雨过天晴,哪里来的彩虹?楼阁随着地势高高低低,使人迷糊,辨不清东西方向。台上歌声悠扬,充满暖意,使人感到有如春光那样和煦。殿中舞袖飘拂,好像带来阵阵寒意,使人感到风雨交加那样凄冷。就在同一天,同一座宫里,气候竟会如此不同。

那些亡了国的妃嫔和公主们,辞别了自己国家的楼阁、宫殿,被一车车送来秦国,日夜献歌奏乐,成了秦国的宫人。星光闪烁,原来是她们打开了梳妆镜子;绿云缭绕,原来是她们正在早晨梳理发髻;渭水河面上浮起一层垢腻,是她们倒掉的残脂剩粉;空中烟雾弥漫,是她们在焚烧椒兰香料。皇帝的宫车驰过,声如雷霆,使人骤然吃惊;听那车声渐远,也不知驰到哪儿去了。宫人们用尽心思修饰容貌,打扮得极其娇媚妍丽,耐心地久立远视,盼望皇帝能亲自驾临。可

文学常识丛书

是有许多宫女整整等了三十六年，还未见到皇帝。燕、赵收藏的财宝，韩、魏聚敛的金玉，齐、楚搜求的珍奇，这都是多少世代、多少年月以来，从人民那里掠夺来的，堆积得如山一样。一旦国家灭亡，不能占有了，统统运进了阿房宫。在这里把宝鼎看作铁锅，美玉当石头，又视黄金为土块，珍珠为沙石，随意丢弃，秦人看见了也不觉得可惜。

　　唉！一个人的心，也就是千万个人的心。秦始皇喜爱奢侈，老百姓也顾念自己的家业。为什么搜刮人民的财物一分一厘都不放过，挥霍时却像泥沙一样毫不珍惜呢？阿房宫中的柱子，比田里的农夫还多；架在梁上的椽子，比织布机上的女工还多；建筑物上的钉头，比粮仓里的粟粒还多；横直密布的瓦缝，比身上衣服的线缝还多；栏杆纵横，比天下的城郭还多；嘈杂的器乐声，比闹市的人说话声还多。秦统治者穷奢极欲，使天下的老百姓敢怒而不敢言。秦始皇这个独夫，却越来越骄横顽固。于是，陈胜、吴广揭竿而起，四方响应，刘邦攻破函谷关，项羽放了一把火，可惜富丽堂皇的阿房宫变成了一片焦土。

　　唉！灭亡六国的是六国自己，而不是秦国；灭亡秦国的是秦国自己，而不是天下百姓。唉！如果六国统治者都是爱护本国人民，那么就有足够的力量抗拒秦国。如果秦国统治者同样能爱护六国的人民，那么秦就能从三世传下去，甚至可以传到万世，都为君王，谁还能灭掉秦国呢？秦统治者来不及为自己的灭亡哀叹，只好让后世的人为他们哀叹；后世的人如果只是哀叹而不引为鉴戒，那么又要让再后世的人为他们哀叹了。

　　秦人不暇自哀，而使后人哀之；后人哀之而不鉴之，亦使后人而复哀后人也。

作者简介

刘禹锡(772—842 年),字梦得,号宾客,洛阳(今河南省洛阳市)人。唐德宗贞元九年(793 年)进士,同年登博学宏词科。贞元十一年以文登吏部取士科,授太子校书。后历任监察御史、屯田员外郎。顺宗永贞元年(805 年),王叔文集团的革新运动失败,刘受牵连被贬为连州(今广东连县)刺史,赴任途中再贬为郎州(今湖南省常德市)司马。宪宗元和十年(公地 815 年)应召回长安,旋又贬出,历任连州,夔州(今四川省奉节县)、和州(今安徽省和县)刺史。文宗大和元年(827 年)返回洛阳,宦途始告平稳。晚年任太子宾客,分司东都(洛阳),加检校礼部尚书。有《刘梦得文集》四十卷。

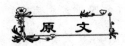

原 文

读古喻今

陋室铭

　　山不在高,有仙则名;水不在深,有龙则灵。斯是陋室①,惟吾德馨②。苔痕上阶绿,草色入帘青。谈笑有鸿儒③,往来无白丁④。可以调素琴⑤,阅金经⑥。无丝竹之乱耳⑦,无案牍之劳形⑧。南阳诸葛庐⑨,西蜀子云亭⑩,孔子云:"何陋之有⑪?"

注 释

①斯、是:均为指示代词。陋室:陈设简单而狭小的房屋。

②惟:同介词"以",起强调原因的作用。德馨(xīn 新):意指品行高洁。馨:能散布到远方的香气。

③鸿儒:这里泛指博学之士。

④白丁:未得功名的平民。这里借指不学无术之人。

⑤素琴:不加雕绘装饰的琴。

⑥金经:即《金刚经》(《金刚般若经》或《金刚般若波罗蜜经》的略称),唐代《金刚经》流传甚广。

⑦丝竹:弦乐、管乐。此处泛指乐器。乱耳:使听力紊乱。

⑧案牍:官府人员日常处理的文件。

⑨南阳:地名,今湖北省襄阳县西。诸葛亮出山之前,曾在南阳庐中隐居躬耕。

⑩子云:汉代扬雄(前53—18年)的字。他是西蜀(今四川省成都市)人,其住所称"扬子宅",据传他在扬子宅中写成《太玄经》,故又称"草玄堂"。文中子云亭即指其住所。川中尚有纪念他的子云山、子云城。

⑪何陋之有:之,表宾语提前。全句意为"有何陋"。《论语·子罕》:"子欲居九夷,或曰:'陋,如之何?'子曰:'君子居之,何陋之有?'"

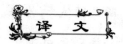

山不在于它的高低,有仙人居留便会出名;水不在于深浅,有蛟龙潜藏就会显得神灵。这虽然是一间陋室,但我的道德高尚却到处传闻。苔痕布满阶石,一片碧绿;草色映入帘帷,满室葱青。往来谈笑的都是博学之士,浅薄无识之徒不会到此。可以随心抚弄素琴,可以潜心阅读经书。没有嘈杂的音乐扰乱听觉,没有繁忙的公务催劳伤神。这间陋室如同南阳诸葛庐,又如西蜀子云亭。正如孔子所说:"有什么理由认为它是粗陋的呢?"

山不在高,有仙则名;水不在深,有龙则灵。

作者简介

柳宗元(773—819年),唐代文学家,字子厚,河东解(现在山西运城解州镇)人,世称柳河东。唐德宗贞元九年(793年)中进士,十四年(798年)又考取博学宏词科,先后任集贤殿正字、蓝田县尉和监察御史里行(即见习御史)。唐顺宗永贞元年(805年),参加王叔文革新集团,任礼部员外郎。但这场改革仅历时7个月就失败了,王叔文被杀;柳宗元被贬为邵州刺史,走到半路,又被加贬为永州司马。司马是刺史的助手,有职无权。柳宗元在这里住了将近10年,到元和十年(815年)才被改派到柳州当刺史。在刺史任上,他"因其土俗,为设教禁",取得显著政绩。但因长期内心抑郁,健康状况恶化,终于病死在柳州,年仅47岁。

柳宗元是唐代古文运动的倡导者和奠基人。他的散文题材广泛,内容深刻,形象生动,语言简练,在文学史上有重要地位;他还写了不少政论和哲学论文;在诗歌创作上,善于用简朴疏淡的语言表达深刻的思想内容。他的诗文稿由刘禹锡编为《柳河东集》。

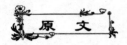

捕蛇者说

永州之野产异蛇，黑质而白章，触草木，尽死；以啮人①，无御之者。然得而腊之以为饵②，可以已大风、挛踠、瘘、疠③，去死肌，杀三虫④。其始，太医⑤以王命聚之，岁赋其二。募有能捕之者，当其租入，永之人争奔走焉。

有蒋氏者，专其利三世矣。问之，则曰："吾祖死于是，吾父死于是，今吾嗣为之十二年，几死者数⑥矣。"言之，貌若甚戚者。

余悲之，且曰："若毒之乎？余将告于莅事者⑦，更若役，复若赋，则何如？"

蒋氏大戚，汪然出涕曰："君将哀而生之乎？则吾斯役之不幸，未若复吾赋不幸之甚也。向⑧吾不为斯役，则久已病矣。自吾氏三世居是乡，积于今六十岁矣，而乡邻之生日蹙。殚其地之出，竭其庐之入；号呼而转徙，饥渴而顿踣⑨；触风雨，犯寒暑，呼嘘毒疠，往往而死者相籍也。曩与吾祖居者，今其室十无一焉；与吾父居者，今其室十无二三焉；与吾居十二年者，今其室十无四五焉：非死而徙尔。而吾以捕蛇独存。悍吏之来吾乡，叫嚣乎东西，隳突⑩乎南北，哗然而骇者，虽鸡狗不得宁焉。吾恂恂⑪而起，视其缶⑫，而吾蛇尚存，则弛然而卧。谨食之，时而献焉。退而甘食其土之有，以尽吾齿。盖一岁之犯死者二焉，其余则熙熙而乐，岂若吾乡邻之旦旦有是哉！今虽死乎此，比吾乡邻之死则已后矣，又安敢毒耶？"

余闻而愈悲。孔子曰："苛政猛于虎也⑬。"吾尝疑乎是。今以蒋氏观之，犹信。呜呼！孰知赋敛之毒，有甚是蛇者乎！故为之说，以俟夫观人风⑭者得焉。

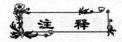

注 释

①啮(niè 聂)：咬。

②腊(xī 西)：干肉。这里作动词，有"风干"之意。

③大风：麻疯病。挛踠(luánwǎn 峦宛)：一种手脚拳曲不能伸直的病。瘘：颈部肿烂流脓。疬：恶疮。

④三虫：古时道家迷信的说法，认为人的脑、胸、腹三部分有"三尸虫"，此虫作祟，有关部分即得病。

⑤太医：唐代设太医署，有令二人，其下医师为皇室治病。

⑥数(shuò 朔)：多次。

⑦莅(lì 利)事者：管这事的官吏。

⑧向：从前。这里有假使的意思。

⑨顿：劳累。踣(bó 薄)：倒毙。

⑩隳(huī 灰)突：骚扰。

⑪恂恂(xú 巡)：小心谨慎的样子。

⑫缶(fǒu 否)：小口大腹的瓦罐。

⑬苛政猛于虎也：据《礼记·檀弓下》记载："孔子过泰山侧，有妇人哭于墓者而哀。夫子式而听之，使子路问之，曰：'子之哭也，壹似重有忧者？'而曰：'然。昔者吾舅死于虎，吾夫又死焉，今吾子又死焉。'夫子曰：'何为

109

读古喻今

不去也？'曰：'无苛政。'夫子曰：'小子识之，苛政猛于虎也。'"

⑭人风：民风。唐人避唐太宗李世民的名讳，凡遇"民"字皆写为"人。"

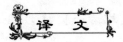

译 文

永州的山野间生长一种奇异的蛇，黑色的身子而有着白色的花级；这种蛇碰到草木，草木都要枯死；如果咬了人，就没有办法救治。但捉到它并且把它晾干，用蛇肉干制成药丸，可以用来治疗麻风，手足痉挛、颈肿、毒疮等病；还能去掉腐烂的肌肉，杀死人体内的各种寄生虫。起初，太医奉皇帝的命令来征集这种蛇，每年征收两次，招募能够捕捉蛇的人，用蛇顶替他们的租税去缴纳。于是永州的人争先恐后地干这件事。

有一家姓蒋的，享有捕蛇而不纳税的好处已经三代了。我问他，他就说："我的祖父死在捕蛇这件事情上，我父亲也死在捕蛇这件事上。现在我继续干这事已经12年了，几乎丧命好几次了。"他讲到这些，脸上好像很悲伤的样子。

我可怜他，并且对他说："你怨恨捕蛇这项差事吗？我打算去对主管收税的官吏讲一讲，更换你的差事，恢复你的赋税，那怎么样？"

姓蒋的听了大为伤心，眼泪汪汪地说："您是哀怜我，想让我活下去吗？那么我干这个差使的不幸，还不及恢复我的赋税那样严重。假使当初我不应这个差，早已经困顿不堪了。自从我家三代居住此乡，累计至今有60年了，而乡邻们的生活一天比一天窘迫。在赋税逼迫之下，他们竭尽田里的出产，罄空室内的收入，哭哭啼啼地迁离乡土，饥渴交加地倒仆在地，吹风淋雨，冒寒犯暑，呼吸着毒雾瘴气，由此而死去的人往往积尸成堆。先前和我祖父同时居住此地的，现今十户人家里剩不到一家；和我父亲同时居住的，十家里剩不到两三家；和我本人同住12年的，十家里也剩不到四五家。

不是死了，就是搬走了，而我却因为捕蛇独能留存。每当凶横的差吏来到我乡，从东头闹到西头，从南边闯到北边，吓得人们乱嚷乱叫，连鸡狗也不得安宁。这时候，我便小心翼翼地爬起身来，探视一下那只瓦罐，见我捕获的蛇还在里面，于是又安然睡下。平时精心喂养，到时候拿去进献，回家就能美美地享用土田里的出产，来安度我的天年。这样，一年里头冒生命危险只有两次，其余时间便怡然自得，哪像我的乡邻们天天有这种危险呢！现在即使死在这上头，比起我乡邻们的死已经是晚了，又怎么敢怨恨呢？"

我听了更加难过。孔子说过："苛政比老虎凶猛。"我曾经怀疑过这句话。如今拿蒋姓的事例来看，说的还是真情。唉！有谁知道横征暴敛对老百姓的荼毒，比毒蛇更厉害呢？因此我对这件事加以述说，留待考察民情风俗的官吏参考。

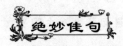

绝妙佳句

孔子曰："苛政猛于虎也。"

作者简介

　　司马光,生于北宋真宗天禧三年(1019 年),卒于哲宗元佑元年(1086 年),字君实,号迂叟,是北宋陕州夏县涑水乡(今山西夏县)人,世称涑水先生,进士出身,历任馆阁校勘、同知礼院、天章阁待制兼侍讲、知谏院、御史中丞、翰林院学士兼侍读等职。熙宁三年(1070 年),他因与王安石政见不同,坚辞枢密副使,以端明殿学士出知永兴军(今陕西西安市),次年改判西京御史台,退居洛阳,专事著史 15 年。哲宗即位,高太后临政,召司马光入主国事,任命为相(尚书左仆射兼门下侍郎)。身后追赠太师,封温国公,谥文正。

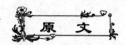

孙权劝学

初，权谓吕蒙①曰："卿②今当涂③掌事，不可不学!"蒙辞以军中多务。权曰："孤④岂欲卿治经⑤为博士邪! 但当涉猎⑥，见往事耳，卿言多务，孰若孤孤常读书，自以为大有所益。"蒙乃始就学。及鲁肃过寻阳，与蒙论议，大惊曰："卿今者才略⑦，非复吴下阿蒙!⑧"蒙曰："士别三日，即便刮目相待⑨，大兄何见事之晚乎!"肃遂拜蒙母，结友而别。

读古喻今

113

①吕蒙：字子明，三国时吴国名将。

②卿：古代君对臣，上级对下级、长辈对晚辈及朋友之间表示亲切的第二人称"你"。夫妇之间也以"卿"为爱称。

③当涂：当道，即当权。

④孤：古时候王的自称。

⑤治经：钻研儒家经典。经，指《易》《诗》《书》《礼》《春秋》。

⑥涉猎：浏览群书，不作深入研究。

⑦才略：军事方面或政治方面的才干和谋略。

⑧阿蒙：名字前加个"阿"字，表示亲昵。

⑨刮目相待：另眼相看，用新的眼光看待。刮：摩、察。

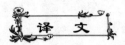

　　起初，吴王孙权对大将吕蒙说道："你现在身当要职掌握重权，不可不进一步去学习！"吕蒙以军营中事务繁多为理由加以推辞。孙权说："我难道是想要你钻研经史典籍而成为学问渊博的学者吗？只是应当广泛地学习知识而不必去深钻精通。你说要处理许多事务，哪一个比得上我处理的事务呢？我常常读书，自己感到获得了很大的收益。"吕蒙于是开始学习。

　　等到东吴名将鲁肃路过寻阳，与吕蒙研讨论说天下大事，鲁肃听到吕蒙的见解后非常惊奇地说："你如今的才干谋略，已不再是过去的东吴吕蒙可相比的了！"吕蒙说："对于有志气的人，分别了数日后，就应当擦亮眼睛重新看待他的才能，老兄你为什么看到事物的变化这么晚呢！"鲁肃于是拜见吕蒙的母亲，与吕蒙结为好友，然后告别而去。

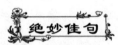
绝妙佳句

　　士别三日，即便刮目相待。

作者简介

　　王安石(1021—1086年),字介甫,晚号半山,小字獾郎,封荆国公,世人又称王荆公。抚州临川人,北宋杰出的政治家、思想家、文学家。他出生在一个小官吏家庭。父益,字损之,曾为临江军判官,一生在南北各地做了几任州县官。王安石少好读书,记忆力特强,从小受到较好的教育。庆历二年(1042年)登杨镇榜进士第四名,先后任淮南判官、鄞县知县、舒州通判、常州知州、提点江东刑狱等地方官吏。治平四年(1067年)神宗初即位,诏安石知江宁府,旋召为翰林学士。熙宁二年(1069年)提为参知政事,从熙宁三年起,两度任同中书门下平章事,推行新法。熙宁九年罢相后,隐居,病死于江宁(今江苏南京市)钟山,谥文。

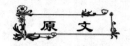

答司马谏议书

　　某启①：昨日蒙教，窃以为与君实游处②相好之日久，而议事每不合，所操之术③多异故也。虽欲强聒④，终必不蒙见察，故略上报⑤，不复一一自辨，重念蒙群实视遇⑥厚，於反覆不宜卤莽⑦，故今具道所以⑧，翼君实或见恕也。

　　盖儒者所争，尤在於名实⑨，名实已明，而天下之理得矣。今群实所以见教者，以为侵官⑩，生事⑪，征利⑫，拒谏⑬，以致天下怨谤也。某则以谓：受命於人主，议法度而修之於朝廷⑭，以授之於有司⑮，不为侵官；举先王之政⑯，以兴利除弊，不为生事；为天下理财，不为征利，辟⑰邪说，难壬人⑱，不为拒谏。至於怨诽之多⑲，则固前知其如此也。

　　人习於苟且⑳非一日，士大夫多以不恤国事，同俗自媚於㉑众为善。上㉒乃欲变化，而某不量敌之众寡，欲出力助上以抗之，则众何为而不汹汹然㉓。盘庚之迁，胥怨者民也㉔，非特朝廷士大夫而已；盘庚不为怨者故改其度，度义而后动，是而不见可悔故也㉕。如君实责我以在位久，未能助上大有为，以膏泽斯民㉖，则某知罪矣；如日今日当一切不事事，守前所为而已㉗，则非某之所敢知。

　　无由会晤，不任区区向往之至㉘。

注 释

①某:作者自称。在文集中,作者自己称名外多以某字代替。

②游处:交游相处。

③所操之术:所执持的政治主张。术:指治国这术。

④强聒:勉强解说。聒,声音嘈杂。

⑤略上报:简单地写回信。

⑥视遇:看待。

⑦反覆:指书信来往。卤,同"鲁"。

⑧具道所以:详细说明所以如此的理由。

⑨盖儒者二句:谓儒者特别重视综核名实,即名称(概念)与实质必须相符。《论语·子路》:"子曰:'必也正名乎。"《孟子·告子下》:"先名实者,为人也"。赵岐注"名者,有道德之名;实者,治国惠民之功实也。"《荀子·正句篇》亦有"制句以指实"语。

⑩侵官,谓添设新机构,侵夺原来的职权。司马光《与王介甫书》责难王安石"财利不以委三司而自治之,更立制置三司条例司""又置提举常平广惠仓使者",都是侵官乱政。

⑪生事,司马光认为变法是生事扰民。《与王介甫书》:"(老子)又曰:'我无为而民自化,我好静而民自正,我无事而民自富,我无欲而民自朴。'又曰:'治大国若烹小鲜。'今介甫为政,尽变更祖宗旧法,先者后之,上者下之,右者左之,成者毁灭之,弃者取之,矻矻焉穷日力,继之以夜不得息。使上自朝廷,下及田野,内起京师,外周四海,士吏兵农,工商僧道,无一人得袭故而守常者,纷纷扰扰,莫安其居。此岂都老氏之志乎!"

⑫征利,谓设法生财,与民争利。《孟子·梁惠王上》:"上下交征利,而国危矣。"《与王介甫书》:"今介甫为政,首建制置条例司,大讲财利之事,又

117

命薛向行均输法於江、淮,欲尽夺商贾之利,又分遣使者散青苗钱于天下而收其息,使人愁痛,你子不相见,兄弟妻子离散。"

⑬拒谏,拒绝接受反对者的意见。《与王介甫书》:"或所见小异,微言新令之便者,介甫辄艴然加怒,或诟骂以辱之,或言於上而逐之,不待其辞之毕也。明主宽容如此,而介甫拒谏乃尔,无乃不足於恕乎!"

⑭修之於朝廷:在朝廷上加以讨论,修正。

⑮有司,各部门负专责的官吏。

⑯举,兴辨,实施。先王,指古代的贤君。

⑰辟,排斥,抨击。

⑱难壬人,驳斥巧辨的小人。《尚书·虞书·舜典》:"而难壬人。"壬,通"任"。

⑲怨诽之多:《与王介甫书》:"今介甫从政始期间年,而士大夫在朝廷及自四方来者,莫不非议介表明,如出一口。下至闾阎细民,小吏走座,亦窃窃怨叹,人人归咎于介甫。不知介甫亦尝闻其言而知其故乎?"

⑳苟且,苟且偷安,得过且过。

㉑同俗自媚於,附和世俗,讨好众人。

㉒上,皇上,指宋神宗赵顼。

㉓汹汹,同"匈匈",喧扰,争吵。

㉔盘庚之迁二句:《尚书·商书·盘庚上》"盘庚五迁,将治亳殷,民咨胥怨。作《庚》篇。"孔安国传:"胥,相也。"孔颖达疏:"自汤至盘庚,凡五迁都。今盘庚将欲迁居,而治于亳之殷治。民皆恋其故居,不欲移徙,咨嗟忧愁,相与怨上。盘庚以言辞诰之。史斜其事,作《庚》篇。"

㉕盘庚三句:盘庚不为人民怨恨之故改变迁都的计划,那是由于他考虑到这样做合理然后行动,他认为完全正确,所以没有什么要悔过的地方。上"度"字,名记号,指法令,计划。《传》公四年载:"子产日?且吾闻为善者

不改其度，故能有济也。民不可逞，度不可改。"下"度"字，动词，估量，考虑。

㉖膏泽斯民：加恩惠於人民。

㉗如日今日二句：引用前文司马光反对"生事"的说法。一切，一例，一律。事事：做事。守前所为：遵守祖宗的陈规旧法，不予改革。

㉘不任区区向往之至：表示衷心极度敬仰之意，为旧时书信中的客套语。不任：不胜。区区：诚心。向往：仰慕。

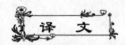

安石敬曰：昨日承您来信指教，我私下觉得与您交往深厚密切已非一朝一夕，可是议论国事时常常意见不同，这大概是由于我们所采取的方法不同的缘故吧。即使想要勉强多说几句，最终也必定不被您所谅解，因此只是很简略地复上一信，不再一一替自己分辨。后来又想到蒙您一向看重和厚待，在书信往来上不宜马虎草率，所以我现在详细地说出我这样做的道理，希望您看后或许能谅解我。

本来知书识礼的读书人所争辩的，尤其在于名义和实际的关系。名义和实际的关系一经辨明，天下的是非之理也就解决了。如今您来信用以指教我的，认为我的做法是侵犯了官员的职权，惹事生非制造事端，聚敛钱财与民争利，拒不接受反对意见，因此招致天下人的怨恨和诽谤。我则认为遵从皇上的旨意，在朝堂上公开讨论和修订法令制度，责成有关部门官吏去执行，这不是侵犯官权；效法先皇的英明政治，用来兴办好事，革除弊端，这不是惹事生非；替国家整理财政，这不是搜括钱财；抨击荒谬言论，责难奸佞小人，这不是拒听意见。至于怨恨和诽谤如此众多，那是早就预知它会这样的。

人们习惯于苟且偷安，已不是一天两天的事了，士大夫们大多不关心国事，附和世俗之见以讨好众人。皇上却要改变这种状况，而我不去考虑反对的人有多少，愿意竭力协助皇上来对抗他们，那众多的反对者怎会不对我气势汹汹呢？商王盘庚迁都时，连百姓都埋怨，还不仅仅是朝廷里的士大夫而已。盘庚并不因为有人埋怨反对的缘故而改变计划，这是因为迁都是经过周密考虑后的行动，是正确的而看不到有什么可以改悔的缘故。假如您责备我占据高位已久，没有能协助皇上大有作为，使百姓普遍受到恩泽，那么我承认错误；如果说现在应当什么事也别干，只要墨守从前的老规矩就行，那就不是我所敢领教的了。

无法会面，但是挡不住我对你的敬仰之心。

绝妙佳句

某则以谓：受命於人主，议法度而修之於朝廷，以授之於有司，不为侵官；举先王之政，以兴利除弊，不为生事；为天下理财，不为征利，辟邪说，难壬人，不为拒谏。

作者简介

　　刘基,字伯温。元武宗至大四年(1311年)生,明太祖洪武八年(1375年)卒,享年65岁。

　　刘基出身名门望族,自幼聪明好学,有神童之誉。元至顺四年(1333年),23岁的刘基,一举考中进士,开始步人仕途生涯。他立志报国,但朝廷昏庸腐败,使他二十余年的宦海生涯屡遭磨难贬抑。元至正二十年(1360年)三月,接受朱元璋的邀请,成为参赞军务的谋士,为明王朝的建立和发展,立下汗马功劳。他为人刚直,胆识过人,朱元璋尊其为"吾子房(张良)也"。民间有"上有诸葛孔明,下有刘基伯温"的称道。

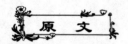

蜀　贾

蜀①贾三人,皆卖药于市。其一人专取良;计入以为出②,不虚价,亦不过取赢③;一人良不良皆取焉,其价之贱贵,惟买者之欲,而随以其良不良应之;一人不取良,惟其多,卖则贱其价,请益④则益之不较⑤,于是争趋之,其门之限⑥,月一易,岁余而大富。其兼取者⑦趋稍缓,再期亦富。其专取良者,肆日中如宵⑧,旦食而昏不足。

郁离子见而叹曰:"今之为士者亦若是夫!昔楚鄙三县之尹三,其一廉而不获于上官⑨,其去也无以傲身⑩,人皆以为痴。其一择可而取之,人不尤其取而称其能贤。其一无所不取,以交于上官⑪,子吏卒而宾富民⑫,则不待三年,举而任诸纲纪之司,虽百姓亦称其善。不亦怪哉!"

文学常识丛书

①蜀:古地名,今四川成都一带。

②计入以为出:根据所收购药材的价格来确定卖药的价格。

③不过取赢:不赚取过多的利润。

④益:增加。

⑤不较:不计较。

⑥门之限:门槛。

⑦兼取者:指良不良皆取者。

⑧肆日中如宵：即使是白天，店铺中也像晚上一样冷清。

⑨廉而不获于上官：廉洁却得不到上级的信任。

⑩僦舟：雇船。

⑪以交于上官：用搜括来的钱去巴结上官。

⑫子吏卒而宾富民：把手下的吏卒当作儿子，把有钱人当贵宾。

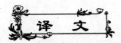

有三个四川商人，都在集市上卖药。其中一个人专门收买好药材，并按照收购进来的价钱考虑卖出的价钱，他既不胡乱要价，也不谋取暴利。另一个商人好的、坏的药材都收进，他的药价是根据买主的要求而定的，买主要好的他就卖好的，买主要差的他就卖给他差的。而第三个人不收购好药材，一心只想多卖些，从来不计较价钱的多少。于是大家都到他的店里买药，把门坎都踏坏了，一个月就要换一次。这样一来，只一年多他就十分富有了。那个好坏药都卖的药店，上门买药的人稍微少些，但过了两年，也富了起来。只有那个专卖好药的药店，白天也像黑夜一样冷冷清清，买药的人很少。卖药的穷得吃了早餐发愁没有晚饭。

郁离子看到这个情况，感叹地说："如今，做官也不是这样吗！以前在楚国一个小地方有三个县官：一个廉洁奉公，不会讨好上司，被罢了官，临走时连船也坐不起，被人讥笑为傻子。另外一个看到可以捞一把时才捞一点，人们不责怪他收刮财物，反而称他贤明能干。第三个就贪得无厌，他把搜刮来的钱财用来贿赂上司，讨好下属的小官吏，对当地的豪富也以礼相待。这样干了不到三年，当地乡绅就向上司推举他，便升官做了掌握实权的大官员了。老百姓虽深受其害却还是称赞他好，这难道不是怪事吗！"

123

绝妙佳句

　　其一择可而取之，人不尤其取而称其能贤。其一无所不取，以交于上官，子吏卒而宾富民，则不待三年，举而任诸纲纪之司，虽百姓亦称其善。不亦怪哉！

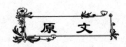

工之侨献琴

工之侨得良桐①焉,斫②而为琴,弦③而鼓④之,金声而玉应。自以为天下之美也,献之太常⑤。使国工视之,曰:"弗古⑥。"还之。

工之侨以归,谋诸漆工,作断纹焉⑦;又谋诸篆工,作古窾焉⑧。匣而埋诸土,期年出之,抱以适市。贵人过而见之,易之以百金,献诸朝。乐官传视,皆曰:"希世之珍也。"

工之侨闻之,叹曰:"悲哉世也!岂独⑨一琴哉?莫不然矣。"

125

注 释

①桐:桐木,制古琴的材料。

②斫:音(zhuó),砍削

③弦:琴弦。这里作动词用,装上弦。

④鼓:用作动词,弹琴。古代多称"鼓琴"。

⑤太常:太常寺,古代掌管祭祀礼乐的官。

⑥弗古,不古老,琴以古为贵。

⑦作断纹:在琴上漆上许多裂纹。断纹:裂纹。

⑧古窾焉:在琴上题刻了古代的款识。古窾:古代钟鼎彝器上铸刻的文字。窾:同"款",款识。

⑨岂独：难道只有。

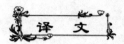

译文

　　工之侨得到一棵良好的桐树，砍来做成一张琴，装上琴弦弹奏起来，优美的琴声好像金属与玉石相互应和。他自己认为这是天下最好的琴，就把琴献到主管礼乐的官府；官府的乐官让国内最有名的乐师考察它，说："不古老。"便把琴退还回来。

　　工之侨拿着琴回到家，跟漆匠商量，在琴身漆上残断不齐的花纹；又跟刻工商量，在琴上雕刻古代文字；把它装了匣子埋在泥土中。过了一年挖出来，抱着它到集市上。有个大官路过集市看到了琴，就用很多钱买去了它，把它献到朝廷上。乐官传递着观赏它，都说："这琴真是世上少有的珍宝啊！"

　　之侨听到这种情况，感叹道："可悲啊，这样的社会！难道仅仅是一张琴吗？整个世风无不如此啊。"

绝妙佳句

　　工之侨闻之，叹曰："悲哉世也！岂独一琴哉？莫不然矣。"

作者简介

宗臣(1525—1560年),字子相,一字方城,兴化人。明嘉靖二十九年(1550年)进士,授刑部主事,调吏部考功。后托病退职回乡,在百花洲筑室读书。不久,起复旧职,移文选司,进稽勋员外郎。适逢兵部武选司员外郎杨继盛因劾严嵩被杀,宗臣和王世贞等解袍覆其尸,为文哭祭,因之得罪严嵩,被贬出任福建布政司参议。三十七年夏,倭寇侵犯福州,宗臣监守西城,他罢去守军中老弱,选壮丁守城,并命欲入城壮夫将百里之内所积粮草尽数运入城中。倭寇攻西门,遭火炮射击,转犯福建兴化,宗臣率部会合巡抚兵及闽省各府守军转战追击,倭寇丧胆,不敢再犯。转战中,宗臣亲冒矢石,画无遗策,为八闽所倚重,进福建提学副使。因积劳成疾,于三十九年卒于任所,归葬于故里兴化南门百花洲。

宗臣生平好学,厌于当时台阁体萎靡文风,诗文主张复古,与李攀龙、王世贞等齐名,为"后七子"之一。有《宗子相集》15卷,散文《报刘一丈书》,对当时官场丑态有所揭露,收入《古文观止》。

报刘一丈书①

　　数千里外，得长者时赐一书，以慰长想②，即亦甚幸矣，何至更辱馈遗③，则不才益将何以报焉？书中情意甚殷④，即长者之不忘老父⑤，知老父之念长者深也。至以"上下相孚，才德称位"语不才⑥，则不才有深感焉。夫才德不称，固自知之矣；至于不孚之病，则尤不才为甚。

　　且今世之所谓孚者何哉？日夕策马候权者之门，门者故不入⑦，则甘言媚词作妇人状，袖金以私之⑧。即门者持刺入⑨，而主者又不即出见，立厩中仆马之间，恶气袭衣裾，即饥寒毒热不可忍，不去也。抵暮，则前所受赠金者出，报客曰："相公倦⑩，谢客矣。客请明日来。"即明日，又不敢不来。夜披衣坐，闻鸡鸣即起盥栉，走马⑪抵门。门者怒曰："为谁？"则曰："昨日之客来。"则又怒曰："何客之勤也！岂有相公此时出见客乎？"客心耻之，强忍而与言曰："亡⑫奈何矣，姑容我入。"门者又得所赠金，则起而入之，又立向所立厩中。幸主者出，南面召见⑬，则惊走匍匐阶下⑭。主者曰："进。"则再拜，故迟不起，起则上所上寿金⑮。主者故不受，则固请。主者故固不受，则又固请；然后命吏纳之。则又再拜，又故迟不起，起则五六揖始出。出揖门者曰："官人幸顾我⑯；他日来，幸亡阻我也。"门者答揖。大喜，奔出。马上遇所交识，即扬鞭语曰："适自相公家来，相公厚我，厚我！"且虚言状⑰。即所交识，亦心畏相公厚之矣。相公又稍稍语人曰："某也贤，某也贤。"闻者亦心计交赞之⑱。此世所谓上下相孚也。长者谓仆能之乎？

　　前所谓权门者，自岁时伏腊一刺之外⑲，即经年不往也。间道经其门⑳，则亦掩耳闭目，跃马疾走过之，若有所追逐者。斯则仆之褊哉㉑。以此常不见悦于长吏㉒，仆则愈益不顾也。每大言曰："人生有命，吾惟守分尔矣㉓。"长者闻此，得无厌其为迂乎㉔？

　　乡园多故㉕，不能不动客子之愁。至于长者之抱才而困㉖，则又令我怆然有感。天之与先生者甚厚，亡论长者不欲轻弃之㉗，即天意亦不欲长者之轻弃之也，幸宁心哉㉘！

读古喻今

注 释

　　①刘一丈是宗臣父亲宗周友人，名玠，字国珍，号墀石，"一"是其排行，"丈"是对长辈的尊称。此信以叙代议，摹写朝中钻营者奔走权门，卑躬屈膝，摇尾乞怜之丑态，形神毕现于纸上。

　　②长想：长久的思念。

　　③馈遗（kuì wèi 溃位）：赠送礼品。

　　④殷：深切。

　　⑤老父：宗臣父宗周，字维翰，号履庵。初仕山东金乡，官至四川马湖府太守。

　　⑥"至以"句："上下相孚，才德称位"，当为刘一丈信中勉励作者的话。孚：信任。才德称（chèn 衬）位：才干品德和职位相符。称：适合，相符。不才：对自己的谦称。

　　⑦门者：看门的仆役。故不入：故意不让进去。

⑧"袖金"句：意谓向门者行贿。古人携带小物品、少数银钱都装在袖子里，故说"袖金"。私：给门者一点好处。

⑨即：即使。刺：名片。古代削木以书姓名，供相互拜见时投送用，称刺。明代改用红纸书写，叫名帖。

⑩相公：旧时对人的尊称。这里指宰相严嵩。

⑪"闻鸡鸣"二句：盥栉（guàn zhì 贯质），洗面梳头。走马：骑马小跑。

⑫亡：通"无"。

⑬南面召见：古时以面南为尊位。

⑭惊走：惶恐地小跑。匍匐：双手着地，膝行而前。

⑮上寿金：以祝寿为名进献金钱。

⑯官人：唐时称做官的人为官人，引申为有地位的人。这里称门者。幸顾：垂顾。

⑰虚言状：虚夸地讲述进见权贵的情况。

⑱心计交赞：心领神会地交口称赞。

⑲岁时伏腊：逢年过节。岁时：年节。伏腊：夏伏与冬腊，古时两个节日名。

⑳间（jiàn 见）：偶或，有时。

㉑褊（biǎn 扁）：偏狭，心胸狭隘。

㉒见悦于长吏：被上级喜欢。

㉓守分：守本分。

㉔得无：该不会。迂：迂腐，不通世故。

㉕多故：多灾，多变故。

㉖抱才而困：刘一丈少负隽才，曾多次参加科举考试，均落选，以布衣而终，故云。

㉗亡论：不用说。

㉘幸宁心:希望安心等待时机。

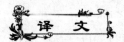

我在数千里之外,时常收到您老给我的信,借以宽慰我对您的长久思念之情,这已经就非常幸运了,何至于又劳您赠给我礼品呢,我更加不知道拿什么来报答您了。(您)信中流露的情意是很恳切的,从您不忘记我老父亲这点来看,就知道我的老父对您的思念也一定是很深的。至于用"上司下属互相信任,才德跟自己的地位很相称"这句话称道我,那我对此就有很深的感慨了。我的才德跟自己的地位不相称,本来我自己是清楚的;至于不能取信于上司的毛病,那我就更为严重了。

况且当今社会上所谓受到上司信任是什么情况呢?有人从早到晚都骑着马到权贵者门前恭候。守门人故意不让他进去,(他)就献媚说好话,装得像妇女的样子,袖子里藏着银子偷偷地送给守门人。即使守门人拿着他的名片进去通报,可是主人也不马上出来接见他。他就站在马棚里的仆人和马匹中间,臭气熏着他的衣襟,即使饥饿、寒冷或酷热不能忍受,(他)也不离开。到天快黑了,那个得到银子的守门人才出来,对他说:"相公太累了,谢绝会客,您请明天再来吧。"到了第二天,(他)又不敢不来。头天晚上(他就)披着衣服坐着,听见鸣叫,就起身梳洗,骑马快跑到权贵者门前。守门人生气地问:"你是谁?"他就说:"我就是昨天来过的客人。"守门人又生气地说:"您这位客人怎么这么勤快呢!难道相公会在这个时候见客吗?"他心里认为自己太丢人了,强忍着气跟守门人说:"没有办法呀,您姑且容我进去吧。"守门人又得到他的银子,起身放他进去了。他又站在上次待过的马棚里。幸好主人出来,面朝南坐着召见他,于是他赶紧跑过去,趴在台阶下。主人说:"进来吧!"(他)就又行跪拜礼,故意迟迟不站起来,起

131

身之后,献上他所要献给主人的银子。主人故意不收,他就坚决请求收下;主人又故意坚持不收,他就又坚决请求收下。然后(主人)才叫小吏收下他的银子,他就再次行跪拜礼,又故意迟迟不起身,起身之后,又作了五六个揖,才出来。出来之后给守门人作揖说:"幸蒙您关照我!以后再来,希望您不要阻拦我了!"守门人也还他一个揖,(他就)高高兴兴地跑出来了。骑在马上遇到和他认识的人,就扬起马鞭说:"我刚从相公家出来,相公待我很好,待我很好!"并且编造相公厚待他的情况。即使和他很熟悉的人,心里也害怕相公真的看重他了。相公也渐渐对别人说:"某人贤良,某人贤良!"听到这话的人,心里也合计着互相赞美他。这就是社会上所说的"上司下属互相信任"呀!老人家,您说我能这样行事吗?

前边提到的那个权贵者,(我)除了过年过节和伏日腊日投一张名片之外,常年不去他家。偶尔路过他家门口,我也是捂着耳朵闭着眼,策马急跑过去,就像后边有什么人追我似的。这就是我心胸狭窄的地方,因此常常不为长官所喜欢,我却越来越不顾这些。(我)还常常大言不惭地说:"人生有命,我只是安守自己的本分罢了。"您老人家听了我这样的话,怎么能不讨厌我的刻板固执呢?

家乡多灾多难,不能不触动离乡者的愁思。至于您老人家有才能却遭困境,就又使我悲伤感慨。老天爷给予您的天资是很丰厚的,不要说您自己不肯轻易抛弃它,就是天意也不愿意您老轻易抛弃它,希望您的心情能平静下来啊!

上下相孚,才德称位。

作者简介

沈起凤,字桐威,号赘渔,又号红心词客,苏州人。生于 1741 年,清高宗乾隆六年,卒年不详,年 28 岁。举乾隆三十三年 (1768 年)乡试。后会试屡不第,抑郁无聊,放情词曲自娱。所作戏曲,不下三四十种,风行大江南北。高宗南巡,官绅所备迎銮供御大戏,皆出其手笔。妻张云,亦工诗文,颇享唱随之乐。尝为祁昌教官。晚年以选人客死都门。起凤所作曲,今仅见其友石韫玉所刻之四种,为《报恩缘》《才人福》《文星榜》《伏虎韬》。此外名目之可考者,有《千金笑》《泥金带》《黄金屋》三种,《曲谱》又有杂记小说《谐铎》十二卷,流传尤盛。

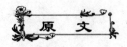

壮夫缚虎

沂州①，山峻险，故多猛虎。邑宰②时令猎户捕之，往往反为所噬③。

有焦奇者，陕人，投亲不值④，流寓于沂。素神勇，曾携千佛寺前石鼎，飞腾大雄殿左脊，故人呼为焦石鼎云。知沂岭多虎，日徒步入山，遇虎则手格毙之，负以归。如是为常。一日入山，遇两虎帅一小虎至。焦性起，连毙两虎，左右肩负之，而以小虎生擒而返。众皆辟易⑤，焦笑语自若。

富家某，钦其勇，设筵款之。焦于座上，自述其平昔缚虎状，听者俱色变。而焦张大其词，口讲指画，意气自豪。倏⑥有一猫，登筵攫食⑦，腥汁淋漓满座上，焦以为主人之猫也，听其大嚼而去。主人曰："邻人孽畜，可厌乃尔⑧！"亡何，猫又来，焦起奋拳击之，座上肴核⑨尽倾碎，而猫已跃伏窗隅⑩。焦怒，又逐击之，窗棂尽裂。猫一跃登屋角，目耽耽视焦。焦愈怒，张臂做擒缚伏，而猫嗥⑪然一声，曳尾徐步，过邻墙而去。焦计无所施，面墙呆望而已。主人抚掌笑，焦大惭而退。

夫能缚虎而不能缚猫，岂真大敌勇小敌怯哉？亦分量不相当耳。函牛之鼎，不可以烹小鲜；千金之弩，不可以中鼷鼠⑫。怀材⑬者宜知，用材者益宜知也。

①沂州:今山东临沂。

②邑宰:县令或知州。

③噬:音 shì,咬,吃。

④投亲不值:投奔亲戚而没有遇到。

⑤辟易:因害怕而退却。

⑥倏:音 shū,突然之间。

⑦攫食:用爪去抓取食物。

⑧乃尔:如此。

⑨肴核:肉类里品这类。

⑩窗隅:窗的角落里。

⑪嗥:音 háo,野兽怒吼声。

⑫鼹鼠:一种很小的鼠类动物。

⑬怀材:是有一定本领才干的人。

135

译 文

在沂州,山势非常险峻,所以有许多凶猛的老虎。县令经常叫猎人去捕杀,但往往反被老虎吞吃了。

有个叫焦奇的陕西人,因投亲不遇,便流浪到沂州住下了。他一向十分勇猛,曾经提起千佛寺前的石鼎,飞身跳上大雄殿的左屋脊,所以人们都称呼他为"焦石鼎"。他听说沂州的山岭中有许多老虎,便每天空着手进山,遇到老虎就用手把它打死,再背回来。如此便习以为常了。有一天,他到了山里,看见两只老虎带了只小老虎走过来。他一时性起,接连打死了两只老虎,左右肩各扛一只,还把小老虎活捉了带回去。大家见了都吓得跑开了,他却若无其事,谈笑自如。

有个富豪之家的人,钦佩焦石鼎的神勇,便设筵款待他。焦石鼎坐在席间,讲述他平时捉老虎的情形,大家听后脸色都变了。而他还夸大其词,不仅讲,还用手不停比划,显出十分自豪的样子。突然,有一只猫跳上了筵席,抓东西吃,弄得满桌都是菜汤。焦石鼎以为是主人家的猫,便任其大吃一通后走了。主人说:"这是邻居家养的孽畜,如此的令人讨厌!"不一会儿,那猫又来了,焦石鼎用力一拳打过去,把满桌的酒菜碗碟全部打得粉碎,而猫已经跳到窗角上蹲在那里了。焦石鼎发了怒,又追上去打一拳,窗户上的木格顿时打裂了。猫又跳到屋角上,虎视眈眈地瞪着焦石鼎。他更加生气了,张开双臂,做出要活捉猫的样子,而猫却大叫一声,拖着尾巴慢慢地跨过邻家的隔墙走了。他没了法子,只能面对墙,傻乎乎地看着猫逃走。主人拍着手掌笑了起来,焦石鼎十分惭愧地退席走了。

能捉住老虎而不能捉住猫,这难道真是遇见大敌勇猛,遇上小敌就害怕吗?这只是份量大小罢了。能装下牛的鼎,不能用于煮小动物;贵重的弓箭,不值得用来射杀小老鼠。这是有才能的人应该知道的,也是使用人材的人更应该知道的。

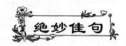

夫能缚虎而不能缚猫,岂真大敌勇小敌怯哉?亦分量不相当耳。函牛之鼎,不可以烹小鲜;千金之弩,不可以中鼹鼠。怀材者宜知,用材者益宜知也。

文学常识丛书

作者简介

纪昀(1724—1805 年),清代学者,文学家。字晓岚,一字春帆,晚号石云。直隶献县(今河北献县)人。乾隆十九年(1754)进士,官至翰林院侍读学士。三十三年,两淮盐运使卢见曾以亏帑获罪,昀为卢见曾姻家,私下遣人注告,被谪戍乌鲁木齐。三十五年释还。历官左都御史,兵部、礼部尚书,协办大学士。卒谥文达。

纪昀学宗汉儒,博览群书,工诗及骈文,尤长于考证训诂。任官五十余年,以学问文章名重朝野,学者咸与之注来,托庇门下。纪昀胸怀坦率,性好滑稽,骤闻其语,近于诙谐,过而思之,乃是名言。

刘东堂言

刘东堂言：狂生某者，性悖妄①，诋訾②今古，高自位置。有指摘其诗文一字者，衔之次③骨，或至相殴。

值河间岁试，同寓十数人，或相识，或不相识，夏夜散坐庭院纳凉。狂生纵意高谈。众畏其唇吻，皆缄口不答；惟树后坐一人抗词与辩，连抵其隙④。理屈词穷，怒问："子⑤为谁？"暗中应曰："仆焦王相⑥也。"骇问："子不久死耶？"笑应曰："仆如不死，敢将虎须耶？"狂生跳掷叫号，绕墙寻觅。惟闻笑声吃吃，或在木杪，或在檐端而已。

①性：品性。悖：荒谬

②诋訾：鄙视漫骂。訾：音 zǐ，说别人坏话。

③次：到，及。

④隙：这里指错误的地方。

⑤子：古代一种对人的称呼，你的意思。

⑥焦王相：他是河间府一带有名的老儒生。

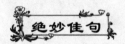

译 文

　　刘东堂说：有一个狂妄的晚辈书生，品性荒谬狂妄，对今人古人都鄙视谩骂，借以抬高自己的地位身价。如有挑出他作的诗、写的文章中一个字的毛病的人，他便对此恨之入骨，有时甚至殴打别人。

　　正赶上河间府举行岁考，十几名考生同住在一起，有的相识，有的互不认识，夏天的夜晚大家分散坐在庭院中乘凉。狂妄的晚辈书生随心所欲地高谈阔论。大家惧怕他的尖刻的口舌，全都闭嘴不答理他；只有树后面坐着的一个人直言与他争辩，连续不断地揭出狂生谈论中的谬误。狂生理亏连争辩的言词都没有了，发怒问道："你是谁？"黑暗中只听到回答说："我是焦王相呀。"狂生惊骇地问："你不是不久前已经死了吗？"只听黑暗中笑着回答说："我如果不死，怎敢去冒险摸老虎的胡须呢？"狂生恼怒地跳脚叫喊，围绕着院墙四处寻找，但只听见吃吃的耻笑的声音，忽而在树梢上，忽而在房檐上罢了。

绝妙佳句

　　己所不欲，勿施于人。

作者简介

　　袁枚(1716—1797 年),清代诗人、诗论家。字子才,号简斋,晚年自号苍山居士,钱塘(今浙江杭州)人。袁枚是乾隆、嘉庆时期代表诗人之一,与赵翼、蒋士铨合称为"乾隆三大家"。乾隆四年(1739 年)进士,授翰林院庶吉士。乾隆七年外调做官,曾任江宁、上元等地知县,政声好,浪得当是总督尹继善的赏识。33 岁父亲亡故,辞官养母,在江宁(南京)购置隋氏废园,改名"随园",筑室定居,世称随园先生。自此,他就在这里过了近 50 年的闲适生活,从事诗文著述,编诗话发现人才,奖掖后进,为当时诗坛所宗。

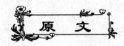

黄生借书说

黄生①允修借书。随园主人授以书而告之曰：

"书非借不能读也。子不闻藏书者乎？七略四库，天子之书②，然天子读书者有几？汗牛塞屋③，富贵家之书，然富贵家之书，然富贵人读书者有几？其他祖父积、子孙弃者④无论焉。非独书为然，天下物皆然。非夫人之物而强假焉，必虑人逼取，而惴惴焉摩玩⑤之不已，曰：'今日存明日去，吾不得而见之矣。'若业为吾所有，必高束⑥焉，庋藏焉，曰：'姑俟异日观'云尔。"

"余幼好书，家贫难致。有张氏藏书甚富。往借，不与，归而形诸梦⑦。其切如是。故有所览辄省记。通籍⑧后，俸去书来，落落⑨大满，素蟫灰丝时蒙卷轴⑩。然后叹借者之用心专，而少时之岁月为可惜也！"

今黄生贫类予，其借书亦类予；惟予之公书与张氏之吝书若不相类。然则予固不幸而遇张乎，生固幸而遇予乎？知幸与不幸，则其读书也必专，而其归书也必速。

为一说，使与书俱。

①生：古时对读书人的通称。

②七略四库，天子之书：七略四库是天子的书。西汉末学者刘向整理校订内府藏书。刘向的儿子刘歆继续做这个工作，写成《七略》。唐朝，京师长安和东都洛阳的藏书，有经、史、子、集四库。这里七略四库都指内府藏书。

③汗牛塞屋，富贵家之书：那汗牛塞屋的是富贵人家的藏书。这里说富贵人家藏书很多，搬运起来就累得牛马流汗，放置在家里就塞满屋子。汗：动词，使……流汗。

④弃者：丢弃的情况。

⑤摩玩：玩弄，抚弄。

⑥高束：捆扎起来放在高处。束，捆，扎。

⑦形诸梦：形之于梦。在梦中现出那种情形。形，动词，现出。诸，等于"之于"。

⑧通籍：出仕，做官。做了官，名字就不属于"民籍"，取得了官的身份，所以说"通籍"。这是封建士大夫的常用语。籍，民籍。通，动词，表示从民籍到仕宦的提升。

⑨落落：堆积的样子。

⑩卷轴：书册。古代还没有线装书的时期，书的形式是横幅长卷，有轴以便卷起来。后世沿用"卷轴"称书册。

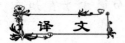

年轻人黄允修来借书。随园主人我把书交给他并且告诉他说：

"书不是借来的就不能好好地去读。您没有听说过那些收藏书籍的人

文学常识丛书

的事吗？七略四库是天子的藏书，但是天子中读书的人又有几个？搬运时使牛累得出汗，放置在家就堆满屋子的书是富贵人家的书，但是富贵人家中读书的又有几个？其余像祖辈父辈积藏许多图书、子辈孙辈丢弃图书的情况就更不用说了。不只书籍是这样，天下的事物都这样。不是那人自己的东西而勉强向别人借来，他一定会担心别人催着要回，就忧惧地摩挲抚弄那东西久久不停，说：'今天存放在这里，明天就要拿走了，我不能再看到它了。'如果已经被我占有，必定会把它捆起来放在高处，收藏起来，说：'暂且等待日后再看'如此而已。"

"我小时候爱好书籍，但是家里贫穷，难以得到书读。有个姓张的人收藏的书很多。我去借，他不借给我，回来就在梦中还出现那种情形。求书的心情迫切到这种程度。所以只要有看过的书就认真深思并记住。做官以后，官俸花掉了，书籍买来了，一堆堆地装满书册。这样以后才慨叹借书的人用心专一，而自己少年时代的时光是多么值得珍惜啊！"

现在姓黄的年轻人像我从前一样贫穷，他借书苦读也像我从前一样；只是我的书借给别人同别人共用和姓张的人吝惜自己的书籍好像不相同。既然这样，那么我本来不幸是遇到姓张的呢，姓黄的年轻人本来幸运是遇到了我呢？懂得借到书的幸运和借不到书的不幸运，那么他读书一定会专心，并且他还书一定会很迅速。

写了这一篇借书说，让它同出借的书一起交给姓黄的年轻人。

143

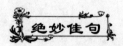

绝妙佳句

书非借不能读也。

作者简介

钱泳(1759—1844年),原名鹤,字立群,号梅溪居士,无锡人。钱泳出身于名门望族却不事科举。钱泳晚年潜居履园,"于灌园之暇,就耳目所睹闻,自为笔记",自谦其为"遣愁索笑之笔"。他自序《履园丛话》,是清道光十八年七月,时年80岁。

《履园丛话》这本古代笔记以内容丰富、资料翔实、文笔流畅而著称。全书分24卷,涉及典章制度、天文地理、金石考古、文物书画、诗词小说、社会异闻、人物轶事、风俗民情、警世格言、笑话梦幻、鬼神精怪等许多方面,堪称包罗万象,蔚为大观。

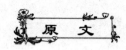

要做则做

后生家每临事①，辄②曰："吾③不会做。"此大谬④也。凡事做则会，不做则安能会耶⑤？又⑥，做一事，辄曰："且⑦待明日。"此亦⑧大谬也。凡事要做则做，若一味⑨因循，大误终身。

家鹤滩先生有《明日歌》最妙⑩，附记于此："明日复明日，明日何其多！我生待明日，万事成蹉跎⑪。世人若被明日累，春去秋来老将至。朝看水东流，暮看日西坠。百年明日能几何⑫？请君听我《明日歌》。"

145

①后生：指年轻人。临事：遇到事情。

②辄：音 zhé，总是，就。

③吾：我。

④谬：音 miù，错误。

⑤安：怎。耶：音 yē，相当于"呢"。

⑥又：另外，还有。

⑦且：暂且，姑且。

⑧亦：也；也是。

⑨一味：单纯地，一个劲地。因循：这里指牵就，拖延。

⑩家：这里指家族、本家。鹤滩：指与作者同姓的钱鹤滩。

⑪蹉跎：音 cuō tuó，时间白白地过去。

⑫几何：多少。

年轻人每当面对一件事的时候，总是说："我不会做"。这种说法实在是太不对了。凡事只要去做也就学会了，不做又怎么能会呢？还有，有些人每当要做一件事，就总是推脱说："姑且等到明天再做吧！"这种想法也是非常错误的。凡事要做就做，如果只是一心拖延，那就会耽误了一生的前途啊。

我们家族中有一位钱鹤滩先生曾作过一首《明日歌》，非常好，我顺便把它抄写在这里："一个明天啊又一个明天，明天是多么多呀！我们这一生如果只等明天，那么一切事情都会被白白耽误了。世上的人都苦于被明天所拖累，一天一天，春去秋来，不知不觉晚年就要来到了。每天早晨看着河水向东流逝，傍晚看着太阳向西边落下去。日子就像这流水和夕阳一样日日夜夜地流转不停。就算能活到 100 岁，又有多少个明天可以指望呢？请各位都来听听我的《明日歌》吧！

　　明日复明日，明日何其多！我生待明日，万事成蹉跎。

文学常识丛书